KB121396

너를 위한 증언

너를 위한 증언

김중미
장편소설

낮은산

우리가 알기에 가장 정치적인 로마인의 언어에는
'살다'와 '사람들 사이에 존재하다' 또는
'죽다'와 '더 이상 사람들 사이에 존재하지 않는다'는
동의어로 사용된다.

– 한나 아렌트, 『인간의 조건』

차례

1
엄마가 왜 그랬는지

2014년 4월 16일

　텔레비전 채널을 예능 방송으로 돌려 버렸다. 제주도로 수학여행 가는 언니 오빠 들을 태운 배가 침몰했다는 뉴스가 자꾸 나온다. 무섭다. 배가 침몰하는 장면을 볼 때마다 뜨거운 기운이 가슴에서 머리로 올라가는 느낌이 들면서 다리에 힘이 빠진다. 사람들이 많이 죽은 것 같다. 차갑고 캄캄한 물속에 있을 사람들이 자꾸 떠오른다. 작년에 제주도에 가서 카약을 타다가 잠깐 뒤집힌 적이 있다. 구명조끼를 입고 있었고 주변에 어른들이 많아 금세 제자리로 돌아왔지만 그 일이 꿈에 나와서 잠을 설친 적이 많다. 자꾸 그때 일이 떠오른다. 지금 집에는 나뿐이다.

아까 수업이 끝나고 집에 왔는데 아빠가 없었다. 이상한 느낌이 들었다. 아빠한테 전화했더니 용인이라고 했다. 엄마를 데리고 용인에 있는 병원에 간 거다. 아빠는 엄마가 잠을 못 자서 자러 온 거라고 했다. 나도 요즘 엄마가 잠을 못 자고 밥도 잘 못 먹는 걸 알고 있었다. 엄마는 얼마 동안 그 병원에 입원해 있을 거고, 아빠와 경미 이모는 자정이 되기 전에 집에 돌아올 거라고 했다. 그 말을 듣고 전화를 끊었는데 미래가 헐레벌떡 우리 집으로 왔다.

"너희 엄마 괜찮아?"

가슴이 툭 하고 떨어졌다. 미래는 할머니와 엄마가 하는 얘기를 들었다고 했다. 우리 엄마가 죽으려고 했다는 걸. 아빠는 내가 걱정할까 봐 아무 말도 하지 않았겠지만 엄마한테 일어난 일을 미래한테 들으니 기분이 좋지 않았다.

엄마 양쪽 손목에는 흉터가 있다. 어렸을 때는 철부지처럼 자꾸 그게 뭐냐고 물어봤다. 그때마다 엄마가 당황해서 말을 얼버무렸다. 아주 오래전, 엄마가 결혼을 하기 전에 생긴 흉터라고 했다. 궁금했지만 엄마가 곤란해하는 것 같아서 언젠가부터 질문을 하지 않았다. 아마 그것이 자살을 시도했던 흔적이라는 걸 알게 된 뒤부터일 거다. 엄마는 항상 나를 안고 말했다.

"가온이 네가 나의 생명 줄이야. 너 때문에 내가 살아."

그랬던 엄마가 오늘 죽으려고 했다. 오래전에는 내가 없었고, 아빠도 없었으니 그런 마음을 먹을 수도 있다. 그렇지만 이제는 나랑 아빠가 있는데 왜 죽으려고 한 걸까? 믿어지지가 않는다. 어떻게 나를 두고 죽을 생각을 했지? 나는 엄마를 두고 떠나는 건 상상도 못 한다. 내가 엄마를 좋아해서만이 아니라 엄마 아빠 그리고 경미 이모가 슬퍼할 걸 생각하면 그렇게 못 할 것 같다. 열네 살이 되도록 나는 가출도 해 본 적이 없고, 아무리 속상하고 화가 나는 일이 있어도 죽겠다는 생각을 해 본 적이 없다. 그런데 엄마는 도대체 왜? 이런 마음이 배신감일까?

미래가 같이 있어 준다고 했지만 가라고 했다. 미래가 있으면 자꾸 눈물이 나올 것만 같았다. 미래가 간 뒤에 창문이랑 방문을 꼭꼭 잠갔다. 그리고 집에 있는 전등을 다 켰다. 안방, 내 방, 주방, 화장실, 현관, 바깥, 그리고 책상 스탠드와 침대 등까지. 텔레비전을 켰다. 그래도 밖에서 나는 소리가 들렸다. 고라니가 쇳소리로 울고, 멀리서 너구리가 컹컹 짖는다. 아랫집 개들도 고라니와 너구리를 따라 운다. 모두 다 우리 집에 무슨 일이 일어난

11

걸 아는 것 같다. 이어폰을 귀에 꽂고 악동뮤지션의 노래를 반복해서 들으며 일기를 쓴다. 죽음이 뭔지 모르지만 너무 무섭다. 오늘은 너무 많은 죽음이 내 가까이에 있다.

　가온이는 중학교 1학년 때 썼던 일기장을 찾아 읽었다. 일기를 꽤 열심히 쓰는 편이지만 예전 일기장을 다시 읽거나 하는 일은 없었다. 갑자기 5년 전 일기를 꺼내 읽은 것은 엄마가 다시 정신병원에 입원하게 되었기 때문이다. 일기를 읽으니 그때의 불안이 되살아나는 것 같았다. 가온이는 밤새 잠을 설쳤는데, 아침에 주방에서 마주친 엄마 얼굴은 홀가분하고 편해 보였다. 며칠 동안 마음 졸이게 해 놓고 본인은 태연한 표정이라 불쑥 억울한 마음이 들었다. 엄마가 가방을 들고 먼저 밖으로 나간 뒤 가온이는 가스를 잠갔는지 보고, 방마다 전등도 확인했다.

　마당의 조팝꽃이 누렇게 바래 땅으로 떨어져 내렸다. 고3 첫 중간고사 성적도 조팝꽃처럼 바닥으로 떨어졌다. 성적이 엉망이라 대학으로 가는 길에 비상등이 켜졌다. 다행인지 불행인지 가족들은 가온이 성적에 관심이 별로 없다. 그

러니 엄마 탓을 하기도 애매하다. 현관문을 잠그는데 결이한
테 문자가 왔다.

- 가온, 병원 가는 중?
- 지금 막 나가는 중. 넌 어디야?
- 강화 가는 버스.
- 벌써?
- 어젯밤에 엄마랑 동생이랑 셋이 밥 먹은 걸로 끝. 엄마 생일
  은 우리 집에서 그렇게 중요한 날이 아니라서.
- 알았어. 이따가 봐.

"조경미, 너 세차 안 했니?"
지영이 대문 앞에 세워 둔 경미의 경차를 보며 잔소리를
했다. 어젯밤 내린 비로 바퀴와 범퍼, 유리창까지 흙투성이
다. 지영의 짜증에도 경미는 무덤덤하게 말했다.
"내일 비 또 온대."
"이 더러운 차를 타고 병원까지 가자고?"
"응. 넌 차 안에 있을 거잖아. 겉모습에는 신경 꺼."

지영은 못마땅한 표정으로 경미를 흘겨보고는 조수석에 타서 눈을 질끈 감았다. 뒷좌석에 앉은 가온이가 지영의 어깨를 토닥이며 말했다.

"엄마, 잘 참았어."

지영이 신경질적으로 뒤를 돌아보며 말했다.

"뭐야? 왜 날 어린애 취급해?"

가온이가 말없이 미안하다는 시늉을 하자 지영도 무안한 듯 다시 앞을 보며 물었다.

"대문은 잠갔지?"

"응. 다 확인했어."

대문이라고 해 봤자 철망으로 되어 있어 마당이 훤히 들여다보이는데도 지영은 굳이 걸쇠를 걸어 놓는다. 지영이 하도 불안해서 남편 기환이 돌담으로 바꾸자고 하면 그건 갇히는 것 같아서 싫다고 했다. 가온이는 엄마의 예민함이 버거웠다. 지영은 24시간 오감이 열려 있는 사람이다. 시각, 청각, 후각, 미각, 촉각 어느 것 하나도 예민하지 않은 게 없다. 장마철에 장롱이나 싱크대 뒤에 슨 곰팡이 냄새를 알아챘고, 아카시아와 찔레꽃 향이 온 산을 덮은 가운데서 막

피기 시작한 때죽나무 향기를 구별해 냈다. 촉각은 또 어찌나 예민한지 이불 홑청, 속옷, 양말도 자기 피부랑 맞지 않으면 절대 쓰지 않았다. 청각은 거의 고양이 수준이다. 언젠가는 가온이네 집 뒤에서 아기 고양이가 우는 소리를 듣고 구조한 적도 있다. 봄에 딱따구리가 나무를 쪼기 시작하면 그 소리에 아침잠을 깨고, 초여름 소쩍새가 울기 시작하면 잠을 설쳤다. 7월말 매미가 울기 시작하면 귀마개를 해야 한다. 색에도 예민해서 그릇, 수저, 커튼까지 집 안 물건은 대부분 지영이 편안해하는 올리브색, 아이보리색이다.

차가 비탈길을 내려가는 동안 지영은 기환이 일하는 논에서 눈을 떼지 못했다.

"벌써 모를 심은 논도 있네. 우리는 이제야 논을 가니 나 때문에 또 일이 늦어졌어."

엄마의 자책을 한 귀로 흘려버리며 가온이는 아빠의 트랙터를 좇았다. 트랙터 뒤를 백로들이 뒤따른다. 허청거리며 걷는 백로는 가늘고 긴 다리에 비해 큰 날개가 버거워 보인다. 그러나 막상 흰 날개를 활짝 펴고 날아오르거나 논 위로 내려앉을 때면 살아가기에 최적화된 몸매라는 생각도 든다. 가온이는 호리호리하고 아름다운 몸매로 고고하게 살아가는 백로보다는, 몸집이 작아도 여럿이 무리로 사는 새들을 좋아한다. 겨울에 논을 지나 바닷가로 나갈 때마다 만나는 기러기와 흰뺨검둥오리 들의 수다는 기분을 유쾌하게 바꿔 준다. 홀로 꽝꽝 언 논 위를 걷는 백로를 보면 마음이 시리다. 봄이 되면 논에서 자주 보이는 외톨이 저어새도 마찬가지다. 과학 선생님은 저어새가 가족 단위로 사는데, 그 가족이 불가피하게 깨지면 남은 생을 외톨이로 산다고 했다. 외톨이 저어새는 논이나 갯벌에서 먹이를 찾을 때도 항상 혼자다. 홀로 고개를 저어 가며 먹이를 찾는 모습을 보면 마음 한구석이 저릿저릿해진다.

"이모, 엄마 잠들었으니까 나도 좀 잘게. 이따 이모 졸리면 말해. 내가 수다 떨어 줄게."

"됐어. 어서 자. 새벽까지 못 잤다며."

가온이는 생일날 선물 받은 무선 이어폰을 끼고 눈을 감았다. 병원까지 족히 세 시간은 걸릴 터였다.

지영은 봄이 되면 마음의 병이 시작되었다는 스무 살 언저리로 돌아간다고 했다. 지영이 과거에 갇혀 숨을 제대로 쉬지 못할 때면 식구들도 덩달아 예민하고 날카로워졌다. 그래도 최근 몇 년은 그만그만했는데 얼마 전부터 다시 불안증이 시작되었다.

　차가 밀려 예상보다 한 시간이나 더 걸리는 바람에 점심 시간이 지나 병원에 도착했다. 병원 주변으로 찔레꽃이 한 창이다. 가온이가 5년 전 처음 이 병원에 왔을 때는 건물이 벚꽃 구름에 싸여 있는 것처럼 보였다. 입원 수속을 마치고 3층 병실로 올라가니 간호사들이 가온이를 보고 반가워했 다. 점심을 먹고 난 뒤라 환자들은 대부분 휴게실에 나와 있 었다. 혼자 웅얼거리며 휴게실을 서성거리거나 먼 산을 바라 보는 사람이 있는가 하면, 탁자에 모여 앉아 보드게임을 하 는 사람들도 있었다. 휴게실 서쪽으로 난 큰 창문으로 오후 의 햇살이 쏟아져 내렸다. 쇠창살이 있긴 하지만 휴게실과 병실마다 창문이 크게 나 있어서 무척 밝았다.

　지영이 302호 병실을 바라보며 미소를 지었다.

　"좋다. 내 침대가 창문 바로 앞이네. 아침에 일찍 눈을 뜰 거 같아."

　"엄마, 잘 자. 아무 생각 말고 푹 자."

　"응. 잠 잘 자게 되면 나갈게. 너도 걱정 말고. 아빠 잘 부 탁해."

현관문을 열자마자 고소한 냄새가 확 끼쳤다. 싱크대 위에는 음식 재료들이 한가득이다.

"잘 왔다. 김가온, 너 호두랑 아몬드 좀 빻아라."

"퇴근하고 와서는 좀 쉬지. 뭘 이렇게 해?"

"일주일치 일용할 양식. 주말에 너희 엄마 면회 가기로 해서 미리 반찬도 하려고."

가온이는 절구에 아몬드, 호두, 캐슈너트를 차례로 넣고 빻았다.

지난겨울, 경미는 자궁과 난소를 제거하는 큰 수술을 받았다. 처음에는 열다섯 살 이후로 다달이 배앓이를 하게 하고, 감정 소모까지 겪게 한 자궁을 떼어 낸 게 하나도 섭섭하지 않다고 했다. 그런데 그 뒤로 혈당 수치가 올라가고 혈압까지 높아졌다. 병원에서 약을 받아 온 경미는 씁쓸해하며 말했다.

"우리 몸 어디에도 쓸모없는 기관은 없어. 아기를 낳지 않는다고 자궁이랑 난소가 쓸모없는 기관은 아니었던 거야. 에스트로겐이 그동안 내가 마구 먹었던 탄수화물을 조절해 주고 있었다는 것도 이제야 알았네. 내 몸에 대해 너무 몰랐던 것 같아. 이제 에스트로겐을 생성할 곳이 없어서 당뇨랑

혈압을 관리하려면 탄수화물을 확 줄여야 해. 탄수화물이 나의 세로토닌과 도파민의 샘인데. 우울하기 짝이 없다."

가온이가 빻은 견과를 주자 경미는 채소와 두부를 섞고 된장을 넣어 졸였다.

"이게 내 다이어트의 히든카드다. 견과류강된장. 오늘은 여기다 쌈을 해서 먹자."

경미는 텃밭에 가서 쌈 채소를 뜯어 와 씻었다. 쌈 채소가 양푼 한가득이다. 가온이는 어렸을 때 엄마가 『손 큰 할머니의 만두 만들기』라는 그림책을 읽어 줄 때마다 경미를 떠올렸다. 할머니, 할아버지가 없는 가온이에게 경미는 할머니고, 고모고, 이모였다. 가끔 지영은 가온이와 경미 사이를 질투하기도 했다. 반면 가온이는 경미와 지영 사이에서 자기가 소외되는 것 같은 느낌을 받을 때가 있었다.

저녁을 먹고 테라스로 나갔다. 해가 해명산 너머로 막 넘어간 뒤 황금색 하늘이 주황색으로, 다시 주홍색으로 더 붉게 물들었다가 붉은색이 옅어지며 분홍빛에서 보랏빛으로 변해 간다. 날마다 이맘때면 서쪽 하늘에 빛의 요술이 펼쳐진다. 해가 서쪽 바다 너머로 완전히 기운 뒤 해의 잔상이 남아 바다와 하늘의 경계를 만들었다.

경미는 가온이와 한참 동안 말없이 노을만 바라보았다. 경미 집은 서쪽을 향해 나 있어 1년 내내 노을을 볼 수 있다. 20년 전 이 집을 지을 때 경미와 지영은 거실과 각자의 방에서 노을을 볼 수 있게 설계했다. 집이 남서쪽으로 비스듬히 지어져 경미 방에서는 석모도가 좀 더 많이 보이고, 지영의 방에서는 남쪽 마니산이 더 많이 보였다.

"땅을 사서 집을 짓기 시작했을 때만 해도 이 황혼을 너희 엄마랑 둘이서만 보다 죽을 줄 알았는데, 우리 가온이랑 보고 있네."

"그래서 싫어?"

"싫긴, 좋다는 말이지. 내 인생에서 가장 기쁜 일 중에 하나가 널 만난 거야. 너희 엄마가 내게 준 가장 큰 선물이기도 하고."

"이모는 애를 그렇게 좋아하면서 결혼은 왜 안 했어?"

"생각이 전혀 없었어. 아이를 키우는 기쁨도 너 키우면서 안 거야. 그전엔 별로 관심 없었어."

"왜 결혼 생각이 없었어?"

"몰라. 고등학생 때도 난 연애에 관심이 없었어."

"하여튼 이모도 독특해."

"그러니까 이렇게 살겠지."

"이모는 엄마랑 아빠가 결혼하고 나서 다른 데로 가서 살 생각은 안 했어?"

"하긴 했지. 집도 알아봤었어. 그런데 너희 엄마가 임신을 했다네? 널 가진 걸 기뻐하면서도 자기가 아기를 잘 키울 수 있을지 불안해했어. 시어머니도 안 계시고, 네 외할머니도 요양병원에서 일하실 때니 도움을 청할 때가 없잖아. 너희 아빠랑 내가 유일한 가족인데 두고 갈 수가 없었어."

가온이는 엄마보다 경미와 지내는 시간이 더 많았다. 엄마한테 공황장애가 찾아오면 아빠는 엄마를 돌보느라 가온이를 신경 쓸 겨를이 없었다. 가온이 역시 불안한 공기가 솜처럼 뭉쳐 둥둥 떠다니는 자기 집보다 경미 집이 편하고 좋았다.

"참, 가온아, 일요일에 카페 창업 컨설팅 업자가 왔었다."

"카페 창업 컨설팅? 그런 것도 있어?"

"응. 있더라고."

"근데 왜?"

"여기가 카페 자리로 너무 좋다는 거야. 자기가 다 알아서 해 주겠다고."

"사기꾼 아니야? 이모 눈빛을 보니 이미 속아 넘어간 것 같은데?"

"그런 건 아니야. 원래 상담 카페 같은 거 하고 싶은 생각이 있거든."

경미는 대학에서 사회학을 전공했지만 우체국 직원이 되었고, 직장에 익숙해질 무렵 지영과 같이 야간 상담 대학원을 다녔다. 지영은 대학원을 수료한 뒤로 학교 일과 육아 때문에 공부를 계속 이어 가지 못했지만 경미는 그 뒤로도 미술 치료, 정신분석 꿈 치료, 놀이 치료를 공부했다. 그리고 주말에는 도움이 필요한 아이들과 학부모를 상담했다.

"그래서 이모 진짜로 여기다 카페 차릴 생각이야?"

"당장은 아니지만. 이제 그만 퇴직하고 상담 일에 집중하고 싶은 마음이 있어. 상담이 필요한 아이들 뒤에는 늘 부모들이 있거든. 그런데 직장 다니면서 부모 상담까지 하는 건 좀 벅차서."

"응원해."

"뭐?"

"응원한다고. 이모가 뭘 하든."

"고맙다."

"근데 이모, 나도 좀 벅차."

"갑자기 뭐가?"

"갑자기는 아니고, 그런 생각을 한 지 좀 됐어. 엄마랑 이모가 하는 말, 아니 하지 않으려는 말들 속에서 그런 느낌을 받은 게."

"무슨 말이야?"

"이봐. 또 시치미 떼잖아. 이모, 난 이제 지쳤어. 엄마랑 이모가 나한테 얘기해 주기를 계속 기다렸거든. 이모도 알잖아. 내가 결이 때문에 얼마나 힘들었는지. 결이가 죽으려고 했을 때 엄마가 떠올랐어. 나 중1 때, 엄마가 왜 그랬는지 알고 싶었어. 엄마 아빠한테 물으면 나중에 말해 줄 거라고만 했어. 그래서 내가 엄마랑 아빠, 엄마랑 이모가 하는 말을 들으면서 유추했어. 특히 엄마가 예민하게 반응하는 게 있으니까. 언론에서 미투 얘기가 나오면 엄마 눈빛이 달라졌거든. 그래서 대충, 그냥 대충 짐작하게 됐어."

경미는 가슴이 철렁 내려앉았다.

2
살아 있는 게 미안했어

2018년 10월 12일

손이 떨린다. 결이가 자리에 눕기는 했지만 자는 것 같지는 않다. 불은 그대로 켜 둘 생각이다. 도대체 무슨 일이 일어난 건지 모르겠다.

화장실 가운데 덩그러니 있는 의자를 보는데 다리에 힘이 빠져 주저앉았다. 결이 팔을 잡고 정말 죽으려고 했느냐고 묻는데 조금만 더 힘을 주면 결이가 부서져 내릴 것 같았다. 그래서 나도 모르게 손을 놓아 버렸다. 내 앞에 있는 이결은 그저 껍데기 같았다. 나무에 붙어 있는 매미 허물처럼 안이 텅텅 비어 조금만 힘을 주어도 바스러질지 모른다. 눈동자에 빛이 없고 몸에 힘이 들어가 있지 않았다. 그대로 결이가 사라져 버릴 것 같아 겁이 났다.

결이는 추석 연휴 이후로 학교에 오지 않았다. 일주일 만에 학교에 와서 언니 장례식 때문이었다고 말했을 때 정말 놀랐다.

"언니가 죽었어."

그러나 왜, 언제, 어디서 따위를 물을 수 없었다. 결이의 눈빛이, 꽉 다문 입술과 굳은 몸이 더는 아무것도 묻지 말라고 강하게 말하고 있었다. 그때까지 내가 결이 언니에 대해 아는 것이라고는 스페인에 유학 가 있다는 것뿐이었다.

결이가 학교에 나오고 바로 2학기 중간고사가 시작되어서 언니의 죽음에 대해 물을 상황도 아니었다. 시험 전날 결이는 새벽 늦게까지 잠을 못 잤다. 제 딴에는 조심한다고 하는 것 같은데 결이가 뒤척일 때마다 나도 잠이 깼다. 그래서 낮에도 구름 위를 걷는 것처럼 정신이 몽롱했다. 국영수 성적을 1등급 이상 올려야 했는데 목표에 미치지 못했다. 성적이 오르지 않은 걸 결이 핑계를 대는 것은 치사한 일이고 자존심 상하는 일이긴 하나, 수학 시험 때는 졸음이 쏟아져 문제를 열 개나 풀지 못했다. 그런데 결이는 수학, 영어, 국어 모두 한두 문제만 틀렸다. 미래 말대로 인간이 아닌 것 같았다.

시험이 끝나고 기숙사로 돌아오자마자 결이는 쓰러져 잠이 들었다. 나 역시 잠을 거의 못 잤던 터라 저녁 먹으러 가지도 않고 잤다. 뭔가를 끄는 소리, 딸깍거리는 소리가 나서 일어났더니 화장실에서 불빛이 새어 나왔다. 이상한 느낌이 들어 화장실 문을 열려고 했는데 잠겨 있었다. 결이를 부르며 문을 마구 두드렸다. 그 소리를 듣고 옆방에 있던 미래가 왔다. 미래는 내 얼굴을 보더니 얼른 밖으로 나갔다. 아니나 다를까 다른 방 애들도 소리를 듣고 우리 방으로 오고 있었다. 다행히 미래가 아이들을 돌려보냈다. 내가 결이랑 싸운다고 했단다. 미래는 눈빛만으로도 통하는 친구다.

미래가 밖에서 그러는 동안 나는 결이한테 애들이 밖에 있다고 지금 안 나오면 무슨 일이 일어날지 모른다고 계속 말했다. 그 뒤로도 뭔가 말을 했는데 무슨 말을 했는지 기억도 안 난다. 어쨌든 문이 열리고 결이가 나왔다. 도대체 나한테 왜 이러느냐고 말하는데 목이 메었다. 그제야 눈물이 쏟아져 내렸다. 결이도 울었다. 처음이었다. 결이가 우는 모습은. 결이는 슬픈 영화를 봐도 눈물을 흘리지 않는 아이였다. 나는 그런 결이가 차갑다고 느꼈고 미래는 안타깝다고 했다. 미래가 늘 장난처럼 결이를 울려 보겠다고 했지만 한번도 성공을 못 했다. 그런 결이가 울었다.

아직 한 시간도 지나지 않은 일인데 현실감이 느껴지지 않는다. 결이는 왜 그런 일을 벌이려고 했을까? 결이를 힘들게 하는 게 도대체 뭘까? 나는 친구이긴 한 걸까? 하긴 나도 결이한테 모든 걸 이야기한 건 아니다. 하고 싶지 않아서는 아니다. 결이는 자기 이야기를 하지 않을 뿐 아니라 우리 이야기를 듣고 싶어하지 않았다. 그냥 같이 웃고 떠들고, 맛있는 거 먹고, 노래방 가고 그런 걸 친구라 여기는 것 같아서 섭섭하기도 했다. 그런데 결이는 그동안 아무도 자기 안으로 들어오지 않도록 담을 쌓고 그 안에서 혼자 괴로워하고 있었던 것 같다.

아침에 경미 이모에게 연락을 해야겠다. 이건 나와 미래가 해결할 수 있는 일이 아니다. 결이는 어떨지 모르지만 나는 이럴 때 어른들에게 손을 내밀어야 한다고 생각한다.

밖이 아직도 어둡다. 어서 날이 밝으면 좋겠다. 돌아누운 결이 어깨가 나무토막처럼 느껴진다. 가서 안아 주고 싶지만 오버하는 것 같아 참는다. 어렸을 때 엄마가 침대에 누워 멍하니 있을 때마다 가서 안아 주고 싶었지만 그러지 못했다. 그때 생각이 나서 자꾸 눈물이 난다. 아무래도 결이를 내가 지켜야 할 것 같다. 그런 마음을 먹고 나니까 어렸을 때 엄마를 보며 내가 엄마를 지켜야 한다고 다짐했던 일들이 떠오른다. 어른들이 말하는 팔자가 이런 걸까?

　가온이와 결이가 만난 건 고등학교 입학식 때였다. 가온이는 결이가 짧은 커트 머리에 키가 큰 편이라 태권도 특기생으로 들어온 줄 알았다. 그런데 뜻밖에도 도시에서 온 아이였다. 다른 아이들이랑 잘 어울리지 않고 도서관, 학교 식당, 교실, 기숙사 어디서든 늘 혼자였지만 혼자라고 주눅 들어 있지 않았다. 그런 모습이 당당하고 멋있어 보여 자꾸 결이에게 눈길이 갔다. 첫 모의고사와 중간고사에서 결이는 전교 1등을 했다. 아이들은 결이가 없는 자리에서 저 정도 실력으로 왜 굳이 이 촌구석까지 왔느냐고 비아냥거렸다. 결이도 그런 눈초리를 느꼈을 텐데 동요하지 않았다. 공부를 잘한다고 젠체하는 것도 없었다.

　같은 반이 아니라서 친해지고 싶어도 기회가 없었는데 1학년 2학기 때 결이가 미래와 기숙사 룸메이트가 되면서 가온이와도 자연스럽게 친해졌다. 처음에는 학교에서만 같이 다니다가 기숙사에서 나오는 금요일이면 셋이 다 같이 읍으로 나와 저녁을 먹고 영화를 보거나 노래방에 가서 놀았다. 좁은 읍내에 이름난 식당이 많은 것은 아니었지만 강화 사람들에게는 소문난 오래된 식당에 가서 잔치국수나 백반, 칼국수를 먹을 때마다 결이는 신기해했다. 맛집을 찾아다니며 외식을 한 적이 없고, 노래방도 처음 가 본다는 결이는 일주일 내내 금요일이 기다려진다고 했다. 금요일마다 놀다가 터미널로 가서 막차를 기다릴 때면 금세 눈물이라도 쏟을 것처럼 슬픈 얼굴이 되었다.

"집에 가기 싫다."

한숨 같은 결이 말에 가온이가 자기 집에서 자고 가라고 하면 맥없이 고개를 저었다.

"내일 아침부터 과외야."

"일주일 내내 공부하고, 주말에 또 과외를 한다고?"

미래는 기겁했지만 결이는 담담하게 말했다.

"고등학생이 주말에 논다는 게 더 이상한 거야."

그러더니 2학년부터는 금요일 저녁에도 과외를 한다며, 금요일에 노는 것마저 그만두었다. 결이는 금요일마다 도살장에 끌려가는 소처럼 스쿨버스에 올랐고 월요일 아침에는 주말보다 더 피곤한 얼굴로 학교에 왔다. 가뜩이나 어둡던 얼굴에 핏기까지 사라지자 아이들은 결이를 유령 공주라고 불렀다. 결이는 수업 시간에 선생님들이 조금이라도 다른 이

야기를 하면 수업하자고 뾰족하게 말했다. 쉬는 시간에는 귀
마개를 한 채 문제집을 풀었다. 결이 걱정을 하는 가온이에
게 미래가 조심스럽게 말했다.

"원래 1학년 때 같은 방 쓸 때도 그러긴 했어. 시험 때만
되면 책상에 머리카락이 수북했어. 공부하면서 머리카락을
한 올씩 뽑아. 그럼 답답하던 게 잠깐씩 풀린다는 거야. 그
리고 이건 정말 아무한테도 말하면 안 되는데, 걔 시험 때가
되면 허벅지를 칼로 그어. 그러면서 피가 방울방울 올라오는
걸 내려다보고 있어."

"그걸 왜 이제 말해! 치료받아야 하는 거 아냐?"

"나도 병원에 가 보라고 했는데 시험 때만 그러는 거라고,
비밀로 해 달라고 했어."

2학기 들어 가온이가 결이와 기숙사 룸메이트가 되었다.
룸메이트라고 해도 같이 지낼 시간은 많지 않았다. 식당에
서 저녁을 먹고 나면 자습실에서 공부하다가 자정이 되면
방으로 돌아갔다. 새벽 1시에 소등이기 때문에 방에 들어가
자마자 서둘러 씻고 나서 마무리 짓지 못한 그날 공부를 정
리하면 점호가 끝났다. 그런데 결이는 사감 선생님의 점호
가 끝나면 화장실로 들어가 문제집을 풀었다. 방에서 하면

불빛이 새어 나가 선생님한테 혼이 나기 때문이었다. 결이는 늘 그날 해야 할 목표를 달성하지 못했다고 종종거렸다. 중간고사가 다가오자 미래가 말한 대로 결이는 정수리가 훤해지도록 머리카락을 뽑고 허벅지에 상처를 냈다. 결이의 불안과 초조가 가온이에게도 전염되는 것 같았다. 결이는 2학기 첫 모의고사에서도 전교 1등을 했다. 결이를 향한 학교의 기대도 더 높아졌다.

그런데 추석 연휴가 끝나고 일주일 만에 학교에 온 결이는 유학 간 언니가 죽었다고만 말하고는 입을 다물었다. 바로 중간고사를 치렀고 시험이 끝나던 날 자살을 시도했다. 결이는 중간고사에서도 1등을 놓치지 않았지만 잠을 깊이 자지 못하고 잠꼬대를 하는 날이 많았다. 한번은 자다가 깔깔깔 소리를 내며 크게 웃었다. 평소에 그렇게 크게 웃는 법이 없던 터라 깜짝 놀라 다가가 보니 어이없게도 자고 있었다. 가온이는 꿈에서라도 크게 웃는 결이가 다행이라고 생각했지만 그 이야기를 들은 경미는 오히려 자기감정을 억누르고 있는 것 같다며 걱정했다.

가온이는 결이가 다시 자살을 시도할까 봐 겁이 났다. 그래서 시험 기간에도 잘 먹지 않는 에너지 음료까지 먹고 결이가 잠이 들 때까지 깨어 있었다. 그렇게 몇 주를 긴장 속에서 보내고 나니 가온이 몸이 엉망이 되었다. 위염이 생기고 입병까지 났다. 가온이는 할 수 없이 경미에게 도움을 청했다.

"가온아, 힘들면 너라도 기숙사에서 나와. 네가 결이를 도울 수 있는 일이 많지 않아. 지금 결이한테는 전문가의 도움이 필요해. 차라리 담임선생님과 상의를 해 보는 건 어때?"

"근데 결이가 담임을 좋아하지 않아서⋯⋯. 이상하게 결이는 남자 선생님들을 별로 안 좋아해. 우리 담임 되게 좋은 사람이거든. 애들 차별하지 않고 우리랑 친해지려고 게임도 자주 하고. 근데 결이는 담임이 괜히 애들이랑 격의 없는 척 쇼하는 거래."

"결이가 마음이 많이 불편한가 보다."

"응. 어쨌든 그래서 담임선생님한테 말씀드리는 건 좀 그래. 그렇다고 내가 상담 선생님한테 결이 이야기를 먼저 꺼내는 것도 그렇잖아. 나중에 결이가 알면 되게 기분 나쁠 거야."

"어이구, 김가온 병 도졌네. 오지랖 병."

"이모라면 룸메가 그런 일을 벌였는데 안심이 되겠어? 나

살자고 친구 힘든 걸 모르는 척할 수 있겠어?"

가온이의 볼멘소리에 경미가 말했다.

"그럼, 결이를 집에 데리고 와 봐. 내가 한번 볼게."

가온이는 미래한테 도움을 청했다. 미래가 금요일 점심시간에 갑자기 생각난 듯 시치미를 떼며 말했다.

"얘들아, 우리 토요일에 청련사 가자. 거기 지금 풍경이 진짜 예쁠 때거든. 150살 된 은행나무가 있어. 670살 된 느티나무도 두 그루야. 조금 있으면 단풍 다 져 버릴 거야."

"왜?"

"왜라니? 가을이잖아. 우리가 아무리 바빠도 가을을 만끽할 여유는 있어야 하지 않겠어? 결아, 너 오늘 가온이네서 자고 내일 아침에 잠깐 청련사 갔다 오자. 얘네 이모가 차로 데려다줄 수 있대. 청련사 갔다 와서 가온이네나 경미 이모네서 자고 다음 날 기숙사로 들어오는 거야. 어때? 가온이랑 나는 주말마다 경미 이모네서 공부하거든. 사실 공부라기보다 야식 먹는 거지만."

미래가 애를 썼지만 결이는 시큰둥했다.

"곧 기말이야."

"야, 우리 중간고사 끝난 지 3주 지났어. 제발 공부, 공부

33

하지 마. 결아, 너 좀 쉬어야 해. 얼굴에 핏기 하나 없어."

"강미래, 내 걱정 말고 너나 신경 써. 너처럼 고등학교 시절을 보내는 애 어디에도 없어. 대한민국 고등학생들 다 나처럼 살아. 가이드 하고 싶다며? 그러려면 대학 가야 할 거 아니야. 영어든, 중국어든, 일본어든 뭐라도 하나는 완벽하게 구사해야 할걸? 지금 그렇게 여유 있을 때가 아니라고."

결이의 까칠한 말투에 미래가 샐쭉했다.

"걱정 마. 난 큰 여행사에 취직해서 해외여행 가이드 같은 걸 하겠다는 게 아니야. 그냥 내가 좋아하는 강화 전문 여행사를 차리는 게 꿈이야."

"그건 뭐 쉬울 것 같아? 뭐든 경쟁력이 있어야 하는 거야."

"이결, 난 그냥 내가 좋아하는 걸 여러 사람하고 나누고 싶을 뿐이야. 너처럼 좋은 대학 가고, 성공하고 이런 거 관심 없어. 사람마다 사는 방법이 다 다른 거야."

미래는 어려서부터 나물과 약초를 하러 다니는 할아버지, 할머니를 따라 강화와 교동도, 석모도, 볼음도까지 안 다닌 데가 없었다. 그러다 강화 곳곳에 있는 고인돌, 절, 고택을 알게 되고, 일제강점기와 한국전쟁 때 주민들의 아픈 역사를 어렴풋이나마 알게 되었다. 그러면서 강화의 숨은 이야기를 나누는 사람이 되고 싶다는 꿈을 갖게 되었다. 가온이는 미래의 꿈을 응원했다. 가온이도 미래가 대학에 가서 역사학을 전공하면 좋겠다고 말한 적이 있지만, 미래는 학교에서 하는 공부는 재미가 없다고 선을 그었다. 그래도 미래는 역사 동아리도 하고, 강화에 있는 대학 분교의 교수님 답사를 따라다니기도 하며 역사 공부를 했다.

"난 관광 가이드가 아니라 강화에서 살아온 사람만이 전할 수 있는 이야기를 하는 사람이 되고 싶어. 그냥 소박하게 우리 집 문간방에다 일인 여행사 차릴 거야. 결이 너한테는 그게 초라하고 별거 없어 보일지 모르지만 나는 그냥 내가 좋아하는 거 하며 살 거야. 잘 먹고, 잘 자면서. 솔직히 말하면 나는 네가 더 걱정이야. 잘 먹지도 않고, 잠도 못 자고. 아무리 대학이 중요해도 사람이 살고 봐야 하는 거 아니야?"

그 뒤로 결이는 한동안 미래와 말도 하지 않았다. 미래도 이젠 결이를 포기했다며 돌아서 버렸다. 결이 상태는 점점 나빠졌다. 구내염까지 심해져 점심 저녁을 물에 만 밥 몇 숟가락을 먹고 말았다. 가온이는 자기가 먹는 프로폴리스를 가져다주고 선식까지 가져가 밤에 타 주기도 했다. 그때마다 결이는 신경 쓰지 말라고 퉁명스럽게 말하면서도 약을 바르고 선식도 몇 모금 마셨다.

2학기 기말고사를 앞두고 결이가 먼저 주말에 경미 이모네서 같이 공부를 해도 되는지 물었다. 버스를 타고 왔다 갔다 하는 세 시간을 아끼기 위해서였다. 미래는 썩 내켜 하지 않았지만 가온이는 승낙했다. 경미는 이틀 동안 식탁을 책상으로 내어주고 밥과 간식을 꼬박꼬박 챙겨 주었다. 수학에 젬병인 미래 공부를 도와주고, 가온이가 푸는 지구과학 문제집도 봐주었다. 결이는 그런 경미를 호기심 어린 눈빛으로 흘끗거렸다. 일요일 오후 경미가 셋을 기숙사까지 데려다주고 떠나자 결이가 경미 차 뒤를 바라보며 혼잣말처럼 말했다.

"꿈을 꾼 것 같아."

가온이는 결이가 하는 말의 의미를 정확히 알지는 못했지만 경미 이모네서 지낸 이틀이 나쁘지는 않았을 거라고 짐작했다. 결이는 기숙사에 돌아온 뒤 책상 앞에서 밤을 꼬박 새웠다. 시험 때만큼은 소등 규칙이 느슨해지는 덕분이었다. 그런데 월요일 아침 학교 식당으로 가는 길에 결이가 쓰러지고 말았다. 가온이는 바로 119를 불렀다.

가온이가 담임선생님과 같이 병원으로 갔을 때 결이 엄마가 병원에 와 있었다. 가온이 연락을 받고 먼저 병원에 온 경미가 말했다.

"걱정 마. 검사에서 특별히 나온 건 없는데, 영양실조래. 몸의 모든 기능이 약해져 있대. 일단 쉬어야 할 것 같은데 결이가 영양제 맞고 학교로 간다고 고집을 피우네. 결이 엄마는 또 그러라고 하시고."

"그래도 돼?"

"아니, 의사는 반대하지."

그날 밤 결이는 기어이 기숙사로 돌아왔다. 미래는 결이를 말없이 안아 주었다. 가온이는 그때 결이 눈시울이 붉어지는 걸 보았다. 결이는 다음 날 시험도 제대로 치르지 못했다. 1교시 때 문학 시험을 보고 난 결이가 책상에 엎드려 울었다. 문학 시험지의 절반을 차지하는 지문이 보이지 않았다고 했다. 늘 댕돌같이 차갑던 결이가 소리 내서 우는 걸 보고 반 아이들이 모두 놀랐다.

가온이는 결이를 그대로 둬서는 안 된다고 생각했다. 경미는 결이 엄마에게 전화를 걸어 결이가 자기 집에서 하숙을 하는 게 어떻겠는지 물었다. 허락받는 게 쉽지 않을 거라 생각했는데 뜻밖에도 전화 한번으로 해결이 되었다. 결이가 쓸쓸하게 말했다.

"우리 엄마가 가장 걱정하는 건 내가 내년에 대학에 못 가는 거야. 아빠한테는 기숙사에 있다고 하면 그만이니까. 허락할 줄 알았어."

그렇게 결이가 경미 집으로 들어오면서 가온이도 기숙사를 나왔다.

결이는 경미가 준비해 놓고 간 샌드위치를 식탁에 꺼내 놓았다. 그리고 가온이 그릇에 시리얼을 담고 우유를 부어 주었다. 결이는 부루퉁한 표정의 가온이에게 말을 건넸다.

"김가온, 넌 왜 엄마 면회 안 갔어?"

"그냥. 날마다 영상통화 하는데 뭐."

퉁명스러운 말에 결이는 밝은 척 목소리를 높여 말했다.

"우리 둘만 아침 먹는 거 오랜만이다. 친구."

가온이는 정색하며 말했다.

"말투가 왜 그래? 왜 오버야."

가온이 말에 결이는 무안해서 어쩔 줄 몰랐다. 누군가의 마음을 신경 쓰며 배려하는 건 결이 스타일이 아니다. 그런데 경미 집에 살면서 결이는 자기도 모르게 자꾸 가온이나 다른 사람의 기분을 살피게 되었다. 결이는 다시 한번 용기를 내어 식탁에 있던 샌드위치와 시리얼을 쟁반에 올려놓으며 말했다.

"우리 테라스에 나가서 먹자. 날씨 되게 좋아."

가온이도 환하게 웃었다.

"그거 좋은 생각이다."

바닷물이 멀리 빠져나가 갯벌이 다 드러나 있었다. 오랜만에 안개가 없어 멀리 동만도, 서만도까지 보였다. 모내기가 다 끝난 논의 연둣빛도 더 짙어 보였다. 결이가 갑자기 의자에서 일어나더니 까치발을 하고 마을 앞에 펼쳐진 논을 내려다보며 말했다.

"저기 봐. 논에 하늘이랑 구름이 담겨 있어."

"내가 가장 좋아하는 풍경이야. 지금 실컷 봐. 금세 벼가 자라거든. 그러면 무논은 사라지고 초록빛 융단처럼 보여. 그때도 좋지만 막 모내기를 끝낸 논을 보면 산과 땅, 바다와 하늘이 서로 연결되어 있는 느낌이 들어. 이제 산 빛깔도 점점 짙어질 거야."

"진짜 예쁘다. 난 벚꽃이랑 복숭아꽃이 지면 예쁜 계절이 다 지나는 줄 알았어. 왜 이제야 이런 풍경이 보이지? 벌써 2

년 넘게 강화에 있었는데."

"기숙사에서는 벚꽃 있는 교정이랑 북산만 보이잖아."

"그래도 버스 타고 왔다 갔다 하면서 분명히 논도 보고, 바다도 봤는데. 계절이 바뀌는 것도 별로 느끼지 못했어. 가온아, 나 이제야 진짜 마음의 여유가 생기나 봐."

결이는 그동안 자신에 관한 이야기나 감정을 좀처럼 드러내지 않았다. 그런데 요즘은 결이한테 이런 면이 있었나 싶을 만큼 자신의 감정을 드러낸다. 그런 결이를 하뭇하게 바라보던 가온이의 눈길이 논 위로 날아오르는 백로를 따라갔다.

"새들처럼 하늘에서 아래를 내려다보면 어떨까? 가슴이 뻥 뚫릴 것 같지 않아? 저렇게 예쁜 하늘에 떠서 아래를 내려다보면 나를 힘들게 하는 일들이 모두 하찮게 보일 것 같아. 나는 다시 태어나면 새로 태어나고 싶어."

결이가 가온이를 곁눈질하며 물었다.

"넌 뭐가 힘든데?"

"그냥 다."

"가온아, 이런 거 물어봐도 될지 모르겠지만 너희 엄마는 왜 아픈 거야?"

"나도 몰라."

결이가 실망한 표정으로 두덜거렸다.

"뭐야. 나한테는 내 얘기 안 한다면서 자기도 말해 주는 거 하나도 없네."

"일부러 말을 안 하는 게 아니라 진짜 잘 몰라. 짐작 가는 게 있긴 한데 어른들이 말을 안 해 줘. 어제도 그래서 경미 이모랑 다퉜어."

결이는 가온이 목소리가 다시 잠기는 걸 눈치챘다.

"답답하겠다."

"응. 오래전에 있었던 어떤 일이 엄마를 괴롭히는 거래. 엄마는 봄만 되면 잠을 못 자고 불안해하고 그랬어. 병원에 입원한 적도 여러 번이고. 약도 오래 먹었어. 그러다 좋아졌었거든. 한 5년은 되게 편했어. 그런데 이번에 다시 불면증이랑 불안이 시작된 거 같아서 걱정돼. 중1 때 엄마가 자살 시도를 한 적이 있어. 그래서 작년 가을에 네가 기숙사 화장실에서 그랬을 때 엄청 무서웠어. 서 있기가 힘들 정도로."

결이 얼굴이 굳더니 금세 눈물이 차올랐다.

"몰랐어. 정말 몰랐어. 미안해."

"미안하다는 말을 들으려는 건 아니야. 그냥 그랬다고."

"왜 말 안 했어?"

"어떻게 말해. 네가 힘든 게 보이는데. 내가 우리 엄마를 자그마치 18년 동안 지켜봤잖아. 그래서 네가 위험하다는 걸 바로 알겠더라. 네가 다시 그런 짓을 할까 봐 정말 조마조마했어."

결이가 눈물을 훔치며 말했다.

"나는 너 덕분에 살았는데 나는 네가 힘든지도 모르고. 미안해. 정말."

"아, 자꾸 오버하지 말라고."

"아니야 진짜야. 너랑 미래가 아니었으면 다시 죽으려고 했을 거야. 언니 죽고 내가 살아 있는 게 너무 미안했어. 언니가 너무 외롭게 떠나서 나라도 언니 옆에 있어 줘야 할 것 같았거든. 그런데 너랑 미래가 날 계속 감시하는 거야. 겉으로는 짜증을 냈지만 속으로는 진짜 고맙고 안심이 됐어. 그때는 정말 죽어도 괜찮을 것 같았어. 언니가 죽었다는데 우리 엄마 아빠 누구도 스페인으로 달려가지 않았거든. 내가 죽어도 아무도 슬퍼하지 않을 것 같았는데 너희가 날 걱정하는 거야. 그게 얼마나 안심이 되었는지 몰라."

"언니 장례식에 엄마 아빠가 안 가셨다고?"

"놀랍지? 그러니 난 어땠겠어. 언니가 죽었다는데. 그것도 자살을 했다는데. 아무도 가지 않았어."

"자살?"

결이가 눈물이 그렁그렁한 눈으로 고개를 끄덕였다.

"세상에……"

가온이는 말을 잇지 못하고 우물쭈물하다가 결이로 가서 결이 어깨를 그러안았다.

"너희 부모님은 왜 안 가셨어?"

결이가 고개를 저었다.

"그러게 왜일까? 나도 그게 궁금해."

결이는 손등으로 눈물을 훔치고 말을 이었다.

"언니랑 나는 나이 차이가 많아. 언니가 초등학교 졸업하고 바로 스페인으로 유학을 갔어. 나 일곱 살 때. 그래서 언니랑 늘 서먹서먹했어. 그러다 중2 때 가족들이랑 스페인으로 여행 가서 친해졌어. 그때 나한테 언니가 있다는 게 얼마나 좋은지 깨달았던 거 같아. 그 뒤로 영상통화도 자주 하고 언니가 좋아하는 심야 라디오도 같이 들으면서 이야기를 많이 했어. 그랬던 언니가 나한테 아무 말도 하지 않고 떠났어.

처음엔 믿어지지가 않았고 그다음엔 언니한테 화가 났어. 되게 이기적이지? 이해가 안 되지? 나도 내가 이해가 안 됐어. 죽은 언니한테 배신감을 느끼고 원망하는 내가. 너무 혼란스러웠어. 다 잊고 공부에 집중하면 나아질 것 같아서 공부에 집착했는데 어느 순간 머릿속이 다 엉켜 버렸어. 죽어야만 그 혼란이 멈출 것 같았어."

가온이는 그 마음을 이해했다. 엄마의 자살 시도가 미수에 그쳤음에도 엄마를 향한 배신감과 섭섭함이 옅어지지 않고 아무 때나 불쑥불쑥 치고 올라와 마음이 힘들었다.

"언니는 왜 그런 거야?"

가온이 물음에 얼른 대답을 못 하고 머뭇거리던 결이가 조심스럽게 물었다.

"가온아, 넌 동성애에 대해 어떻게 생각해?"

"별생각 없어. 경미 이모 대학원 동기 중에 동성이랑 같이 사는 분이 계셔. 우리 집에도 자주 오시고."

"그렇구나. 우리는 상상도 못 한 일이었어. 언니가 레즈비언이었어. 난 언니가 죽은 게 그것 때문일 거라고 생각해."

"아무리."

"진짜야. 우리 집은 독실한 기독교 집안이야. 언니가 레즈비언이라는 것을 알게 되고 나서 온 집안이 난리가 났었어. 언니가 여자를 좋아하는 게 악마의 유혹에 빠진 탓이라고 했어. 우리 할머니는 동성애를 하면 우울증에 걸리게 된다면서 언니가 죽은 것도 그것 때문이랬어. 아빠랑 고모들은 엄마가 언니를 너무 일찍 유학 보내서 그렇게 됐다고 하고. 솔직히 나도 엄마가 언니를 너무 일찍 유학 보냈다는 생각을 해. 언니가 그랬거든. 스페인에서 내내 외로웠다고."

"그래서 레즈비언이 됐다는 거야?"

"아니. 나는 그렇게 생각 안 하지. 그렇지만 언니가 너무 외로웠을 것 같아. 가족과 떨어져서 너무 오랫동안 혼자 지냈으니까."

"어쨌든 네 말은 너희 언니가 레즈비언이라서 가족들이 장례식에 안 갔다는 거야?"

"그런 것 같아. 장례를 치르고 우리 언니랑 사귀던 언니가 유골을 가지고 한국에 왔는데 엄마 아빠는 유골조차 받으려 하지 않았어. 그래서 내가 그 언니랑 강화에 있는 산에다 뿌렸어."

가온이는 결이가 하는 말을 이해할 수가 없었다. 가족이 죽었다는데, 그것도 스스로 목숨을 끊었다는데 장례식에 아무도 가지 않았다는 말을 어떻게 받아들여야 할지 머릿살이 어지러웠다. 그러면서 이제까지 결이의 태도와 행동이 한꺼번에 납득이 되었다.

결이는 언니 이야기를 누군가에게 털어놓은 것이 처음이었다. 혹시라도 자기가 이야기를 하는 게 언니를 욕되게 하는 것일까 봐 입 밖에도 낼 수 없었다. 그런데 이제 겨우 몇 마디만 했을 뿐인데도 숨구멍이 열리는 느낌이 들었다. 이렇게 숨을 쉬어 본 게 언제인지 아득하게 느껴졌다.

3
안전하다고 믿는 세계가 무너져도

2015년 7월 29일

공항을 나오자 하늘이 언니가 우리를 기다리고 있었다. 마드리드까지 열다섯 시간이 걸렸다. 숨이는 비행기 안에서 계속 짜증을 냈는데 언니를 보고는 좋아서 깡충깡충 뛰었다. 초등학교 4학년인데도 막내라 그런지 숨이는 아직 아기 같을 때가 있다. 언니는 파란색 혼다 승용차를 가지고 나왔다. 차가 작지만 예쁘다고 생각했는데 친구한테 빌렸다고 했다. 언니 집은 마드리드 시의 변두리다. 여기 아파트는 특이하게 붉은 벽돌로 되어 있다. 아파트 주변으로 공원이 있어 동네는 답답하지 않다. 길가에는 포플러 나무가 많다.

엘리베이터가 너무 좁아서 엄마랑 숨이가 먼저 가고, 나랑 언니가 타려는데 언니네 옆집 산다는 중국인 부부가 왔다. 이 아파트에는 아시아, 남미, 아프리카에서 온 사람들이 많다고 했다. 아파트는 방 하나에 거실과 부엌이 있는데, 무척 좁았다. 이모가 결혼하기 전까지 여기서 둘이 살았다는데 좀 힘들었을 것 같다. 언니가 이렇게 고생하며 사는 줄 몰랐다.

전철을 두 번 갈아타고 솔 광장에 내렸다. 언니와 스페인의 중심이라는 데를 갔다. 스페인 도로 표식의 출발점, 킬로미터 제로라고 했다. 언니는 계속 스페인에서 살 거니까 우리가 다시 스페인에 오려면 거기를 꼭 밟아야 한다고 해서 나랑 숨이가 몇 번씩 밟았다.

레이나 소피아 미술관은 저녁 7시부터 무료라서 시간을 때우려고 추로스를 먹었다. 우리나라에서 먹어 본 추로스랑 완전 다르다. 1902년부터 영업하는 가게라고 했다. 스페인 추로스는 뜨거운 초콜릿에 찍어 먹는다. 별로일 줄 알았는데 맛있었다. 추로스를 먹고 걸어서 미술관에 갔다. 언니가 '게르니카'는 꼭 봐야 한다고 했다. 그림이 어마어마하게 컸다. 미술관은 너무 커서 다리가 아팠다. 내가 아는 화가는 호안 미로, 달리, 피카소 정도였다.

그림을 보고 가는데 광장에서 미키마우스 탈을 쓰고 있던 사람이 언니한테 아는 척을 했다. 언니네 아파트에 사는 멕시코 사람이라고 했다. 언니가 아이스크림도 사 주었는데 거기서 일하는 사람도 언니네 동네에 산다고 했다. 나는 속으로 언니는 좀 가난하구나 생각했다. 스페인은 아이엠에프를 겪어 한국만큼이나 실업률이 높다고 했다. 밖에서 사 먹는 음식은 비싸고 식료품 재료는 싸서 언니는 주로 집에서 밥을 해 먹는다고 했다. 알뜰한 언니를 보니 내가 너무 편하게 사는 것 같아서 미안했다. 마드리드에서 첫날이 지났다.

결이가 스페인에 갔을 때 하늘이는 대학교 2학년이었다. 하늘이는 방학 때 한국에 다녀가곤 했지만 집에는 오지 않고 서울에 있는 게스트하우스에 있다가 마드리드로 돌아갔다. 결이에게는 언니에 대한 기억이 많지 않았다. 결이는 집에 오지 않는 언니를 이해하지 못했다. 그러다 스페인에 가서 함께 지내며 하늘이가 아빠와 엄마에게 안 좋은 감정을 갖고 있다는 것을 알았다.

마드리드에서 하룻밤 자고 다음 날 아침, 집으로 하늘이 친구라는 지원이 왔다. 한국에서 대학을 다니는데 새 학기부터 교환학생으로 그라나다대학에 오게 되어 하늘이와 함께 지낼 거라고 했다. 지원은 결이네 식구와 그라나다 여행도 함께했다.

그라나다에 얻은 집으로 미리 짐을 보냈다는데도 여전히 짐이 많아 다들 가방을 하나씩 안고 차에 타야 했다. 짐이 꽉 차 불편했지만 창밖으로 펼쳐지는 풍경 덕에 힘든 줄 몰랐다. 결이는 그때 고속도로 옆으로 보이던 지평선을 오랫동안 잊지 못했다. 끝없이 펼쳐지는 평원 위로 지는 태양과 노을, 도로 양옆으로 펼쳐지는 연초록빛 밀밭과 올리브나무까지 모든 것이 아름답게 느껴졌다. 평원을 지나고 나서 만난 거친 바위산과 황무지, 그 황무지 너머로 모습을 드러내던 시에라네바다산맥도 한동안 눈에 어른거렸다.

하늘이와 지원이 1년 동안 함께 살 집은 큰길가 건물 3층에 있었다. 집이 역삼각형 모양이라 거실과 침실은 그런대로 괜찮은데 역삼각형의 꼭지점에 있는 욕실은 한 사람이 운신하기도 힘들었다. 그런데 둘은 그 집을 아주 어렵게 구했다며 만족해했다. 결이 눈에는 두 사람이 행복해 보였다. 하늘이는 웃을 때도 슬픔의 기운이 풍겼다. 아무리 활짝 웃어도 어딘가 모르게 쓸쓸해 보였다. 그런데 지원과 마주보며 웃을 때만큼은 얼굴이 환했다. 결이는 하늘이 곁에 지원이 있어 참 다행이라고 생각했다.

둘이 연인 사이라는 것을 안 것은 결이가 스페인에 다녀온 뒤였다. 아빠는 하늘이한테 전화를 걸어 당장 한국으로 오지 않으면 부모 자식 관계를 끊겠다고 했다. 하늘이는 스페인에 남는 것을 선택했다. 결이도 처음에는 언니가 책이나 영화에서나 보던 레즈비언이라는 사실에 좀 놀랐다. 그러나 이내 둘이 잘 어울린다는 생각이 들었다. 지원이라면 외로워 보이는 하늘이에게 힘이 될 것 같았다.

하늘이가 죽었다는 소식을 듣고 마드리드로 가려던 엄마를 막은 것은 아빠였다. 아빠에게 이하늘은 이미 '우리 가족'이 아니었다.

"결아, 결아."

결이가 눈을 떠 보니 가온이가 걱정스럽게 내려다보고 있었다.

"또 가위눌렸어?"

"응."

초등학교 때부터 결이는 낮잠을 자다가 종종 가위에 눌

렸다. 보통 잠이 막 들었을 때쯤 누군가 방문을 열고 들어와 결이 침대로 다가왔다. 자신을 해치려는 의도가 분명해 보이는 그 사람이 다가오기 전 달아나려 하지만 몸을 일으킬 수가 없었다. 가위에 눌리면 아무리 외쳐도 소리가 밖으로 나오지 않았다. 숨이 멎을 것 같은 공포에 휩싸였다. 방금 전에도 누군가가 발목을 잡고 놓지 않았다. 벗어나려고 발버둥을 쳤지만 점점 더 발목을 죄어 왔다. 그러더니 검은 그림자가 목까지 죄어 오기 시작했다. 그때 어렴풋이 가온이 목소리가 들렸다. 정신을 차리고 보니 발목에 인견 이불이 친친 감겨 있었다. 가온이는 땀범벅이 된 결이를 일으켜 세우고 걱정스럽게 내려다보았다.

"요즘 좀 괜찮다더니. 샤워하고 나와."

"몇 시야?"

"6시 반. 저녁 먹고 자소서 쓰자."

가온이는 결이가 신경 쓸까 봐 일부러 악몽에 대해 묻지 않았고, 결이 역시 꿈에 대해 말하지 않았다. 경미가 만들어 놓은 카레를 데워 저녁을 먹고, 둘은 식탁에 각자 태블릿과 노트북을 켜 놓고 자기소개서를 쓰기 시작했다.

"국어 선생님은 왜 벌써 자소서를 쓰래?"

"자소서 쓰면서 진로에 대해 고민해 보라는 거겠지."

"어차피 기말고사 끝나면 엄청 쓸 텐데. 아, 근데 이거 쉽지 않다."

가온이가 자판을 뚫어지게 내려다보다 두 손으로 머리를 감쌌다.

"지원 동기라. 소설을 써야 하나, 사실대로 써야 되나?"

"기왕이면 진정성이 보이는 게 좋겠지."

"그래? 그럼 사실대로 쓸까? 중1 때 엄마가 자살을 시도했어요. 응급 구조사가 와서 엄마를 살려 줬어요. 그래서 응급 구조사가 되고 싶었는데 엄마의 병이 외상 후 스트레스 장애라는 걸 알게 됐습니다. 그걸 알고 나서 저는 응급 구조사가 아닌 응급 심리 구조사가 되려고 마음먹었습니다."

가온이 농담에 결이가 언짢은 표정으로 말했다.

"왜 엄마 얘길 농담처럼 말해."

"그럼 뭐 눈물을 찍어 내며 비장하게 쓰랴?"

결이 표정이 더 나빠지자 가온이는 어깨를 으쓱해 보였다.

"이결, 장난이야. 너 긴장 풀어 주려고 그런 거야."

결이는 멋쩍어하며 얼굴을 붉혔다.

"또 또. 괜찮아. 너 다른 건 다 좋아졌는데 농담은 절대 안

먹힌다. 진짜 포기다 포기."

가온이는 고개를 절레절레 젓고는 결이의 태블릿을 흘끗
거렸다.

"근데 너 진짜 교대 준비할 거야?"

"응. 근데 담임이 학종으로는 어려울 것 같대. 교과로 가야
하는데 내가 2학년 2학기를 그렇게 말아먹어서…… . 일단
기말고사까지 최선을 다해 봐야지. 아무래도 정시까지 가야
할 것 같아. 안 되면 재수하지 뭐."

"재수? 네가?"

"너도 알잖아. 지금 내 성적 위태로워."

"그런데도 굳이 교대로 진로를 바꾼 이유가 뭐야?"

"그냥 초등학교 선생님이 하고 싶어졌어. 심리학과 가고
싶었던 거 언니 때문이었어. 물론 아직도 심리학에 관심이
있지만. 너희 엄마 보면서 초등학교 교사가 멋지다는 생각을
했어. 그냥 지식을 가르쳐 주기만 하는 게 아니라 같이 놀면
서 관계를 맺고, 돌봐 주고. 아무튼 되게 매력적이라는 생각
이 들었어."

"우리 엄마가 네 얘기 들으면 좋아하겠다."

"꼭 전해 줘."

"오케이."

"김가온, 넌 좋겠다. 너희 엄마 아빠가 부모라서."

가온이는 귀를 의심했다. 이제까지 알던 결이가 할 말이 아니었다. 가온이 마음을 읽었는지 결이가 떠름한 얼굴로 말했다.

"어이없다는 표정이네."

"당연하지. 너 우리 엄마 잘 모르잖아."

"잘은 모르지만 느껴지는 게 있어. 너희 엄마랑 우리 아빠랑 같은 세대잖아. 우리 아빠도 학생운동 하다가 강제 징집당해서 군대 갔다가 유학 갔대. 아빠는 그때 얘기할 때마다자기가 영웅이었던 것처럼 말해. 자기가 어떻게 고난의 시간을 넘었는지, 이 나라의 민주주의에 어떤 기여를 했는지 엄청 강조해. 근데 나는 그런 얘기 듣는 게 진짜 싫거든. 고1때 너랑 미래랑 극장에서 '1987'이랑 '택시 운전사' 보고 나서 그랬잖아. 엄마 아빠 세대가 존경스럽다고. 그때 나는 그런 생각이 조금도 들지 않았어. 오히려 아빠의 이중적인 모습을 더 적나라하게 알았다고나 할까?"

"어떤 모습?"

"민주주의 어쩌고저쩌고하는데 우리 집에는 민주주의 따

위는 아예 존재하지 않거든. 그런데 경미 이모랑 너희 엄마 아빠는 노력하시잖아. 집에서도."

"그렇긴 하지."

"가온아, 너 혹시 이우현이란 사람 기억나?"

"이우현?"

가온이가 골똘히 생각하다 말했다.

"혹시 예전에 텔레비전 길거리 강연 프로그램에 나와 유명해진 회사 대표? 우리 생활윤리 시간에 그 강연 15분으로 압축한 거 봤잖아."

"맞아. 그 사람이 우리 아빠야."

"우아, 세상에. 그걸 숨기고 있었어? 어쩌면 그렇게 시치미를 뚝 떼냐? 너희 아빠 되게 멋진 사람이었네!"

"그렇게 보여?"

"그럼. 회사 수익의 3%를 무조건 장학 재단으로 돌린다며? 그때 강연에서 그런 말도 했던 것 같은데, 기업인으로서 사회에 기여할 수 있는 일이 무엇인지 고민했다고. 장애인 고용 모범 기업으로 상 받고, 또 청년들 고용도 많이 한다고 지원금도 받고 그랬다던 거 같은데? 회사 조직도도 다른 데랑 다르고. 혹시 그게 거짓말인 건 아니지?"

"아니. 다 맞아. 회사 조직도만큼 회사 운영도 민주적인지는 나도 모르지만 적어도 장학 재단, 기부 그런 건 진짜야."

"그런데? 집에서는 안 그렇다고?"

"응. 아빠는 그렇게 훌륭한 일을 하는 사람이니까 가족들은 자기를 당연히 존경하고, 자기 말에 복종해야 한다고 생각해. 내가 좋은 대학에 가야 하는 이유도 나를 위해서가 아니라 아빠의 위신을 위해서라고 생각할걸? 우리 할머니도 마찬가지고."

"아무리."

"진짜야. 쇼윈도 부부만 있는 게 아니라 쇼윈도 가족도 있어. 그래서 나는 이제 쇼윈도에서 나와서 진짜 나를 위한 삶을 살고 싶어. 나는 너랑, 미래 덕분에 알게 됐어. 우리 가족이 쇼윈도 가족이란 걸. 그래서 너희한테 항상 고마워."

"뭐지? 갑자기 연이은 이 고백은?"

가온이의 장난스러운 말투에도 결이는 여전히 진지한 얼굴로 말했다.

"나는 요즘 이 모든 게 꿈일까 두려워. 내가 너랑 친구라는 게 꿈일까 봐. 미래가 내 친구라는 게 꿈일까 봐 무서워. 경미 이모랑 사는 것도 꿈일 것 같아 두려워."

"왜 그런 생각을 해?"

"지금이 너무 좋아서. 그래서 이걸 잃을까 겁이 나. 대학에 떨어지는 건 이제 그렇게 겁이 안 나. 이미 포기한 게 있으니까. 그런데 이게 꿈이 아니었으면 좋겠어."

"꿈 아니야."

"그렇지? 꿈 아니지?"

결이가 슬프게 웃었다. 결이는 자신이 대학생이 아닌 다른 신분으로 스무 살을 맞이할 수도 있다고 생각해 본 적이 없었다. 초등학교 때부터 목표는 좋은 대학이었다. 결이뿐 아니라 다른 친구들도 다 마찬가지였다. 여기 고등학교에 와서야 대학에 가지 않는 아이들이 의외로 많다는 걸 알았다. 지금까지 결이 주변에는 부모가 공장에 다니거나 택배 기사거나 혹은 택시 기사, 버스 기사인 친구들이 없었다. 농부나 어부는 텔레비전이나 교과서에서나 보는 직업이었다. 그런데 고등학교 1학년 때 같은 반 친구들의 절반이 그랬다. 미래 엄마는 읍에서 요구르트를 배달했고, 아빠는 농부, 할아버지 할머니는 약초꾼이었다. 미래 남자 친구의 꿈은 농협 직원이다. 입시 공부 대신 드론 교육을 받는다. 요즘에는 씨를 뿌리고 농약을 살포하는 일까지 드론으로 하는 경우가 많기 때문이다. 미래 오빠는 농수산대학교 특용작물학과에 다닌다. 결이는 농수산대학교는 물론이고 특용작물학과라는 게 있다는 것도 처음 알았다. 엄마한테 그 이야기를 하니 정색을 하며 말했다.

"그러게 왜 그런 시골 학교를 가서는. 자칫하다가는 우물 안 개구리 되겠다."

처음에는 결이도 그렇게 생각했다. 미래와 가온이를 비롯한 이 학교 아이들이 우물 안 개구리라고. 그런데 점점 깨닫게 되었다. 결이가 살아온 세상 역시 우물 안이었다는 것을.

언젠가 하늘이에게 가온이와 미래 이야기를 한 적이 있다. 친구들이 너무 현실을 몰라 답답하다고도 말했던 것 같다. 그런데 하늘이는 결이가 고등학생이 돼서야 비로소 좋은 친구들을 만난 것 같다며 기뻐했다. 하늘이는 결이한테 친구가 얼마나 소중한 존재인지 여러 번 말해 주었다. 자기가 안전하다고 믿는 세계가 무너져도 또 다른 세계로 나아가는 다리가 필요하다고 했다. 그 다리가 친구라고 말했다. 결이는 이제야 언니의 말을 어렴풋이 이해하게 되었다.

"결아, 나도 지금 네가 좋아. 1점에 종종거리고 친구들한테 날이 서 있던 이결보다."

"응, 나도 그렇게 생각해. 지금은 대학보다 진짜 나를 찾는
게 더 중요해."

"와, 내가 이결이랑 이런 얘기를 하다니. 나도 이게 꿈이
아니라서 좋다."

결이가 활짝 웃었다. 가온이는 결이가 이렇게 활짝 웃는
모습을 처음 보았다.

4

길고 긴 터널의 끝

2013년 5월 15일

　오늘은 스승의 날이다. 학교에서 카네이션을 가장 많이 받은 선생님은 우리 엄마다. 우리 학교 아이들이 가장 좋아하는 최지영 선생님은 아이들이랑 잘 놀아 주고, 재미있는 것도 많이 한다. 내가 최지영 선생님 딸인 걸 알게 된 아이들은 다 부러워한다. 그런 엄마가 있어서 좋겠다고. 그러나 아이들은 모르는 게 있다. 우리 엄마는 몸이 약하다. 그래서 조금만 신경 쓰는 일이 있으면 아무것도 못 하고 누워 있을 때가 많다. 힘든 일도 못 한다. 화단에 풀만 좀 뽑아도 저녁에 꼼짝 못 한다. 놀이공원에 갔다가 숨을 못 쉬어서 응급실에 간 적도 있다. 그런데 학교에서는 앉아 있을 새도 없이 바쁘다. 엄마가 작년에 우리 학교로 오고 나서 알게 된 게 있는데, 우리 엄마는 학교에서 힘을 다 써서 집에 오면 아무것도 못 한다는 거다.

집에서는 밥도, 청소도 아빠가 한다. 미래는 세상이 무너져도 엄마가 옆에 있으면 겁이 안 날 것 같다고 하는데, 나는 세상이 무너지려고 하면 엄마를 지켜야 한다는 생각에 마음이 무거워진다. 아빠랑 경미 이모는 나를 먼저 지켜 줄까? 잘 모르겠다. 아빠한테는 나보다 엄마가 최고인 것 같다. 경미 이모는 반반인데 나는 건강하고 엄마보다 키도 크니까 어쩌면 이모도 엄마를 먼저 구할 것 같다.

그렇게 약한 엄마가 학교에서는 슈퍼우먼이다. 최지영 선생님은 우리 엄마 같지가 않다. 학교 도서관을 새로 꾸미고, 독서 모임도 여러 개 만들었다. 농촌 체험 학교도 시작했다. 그 덕분에 전학생이 늘어나서 지금은 전교생이 60명이 넘는다. 다른 선생님과 학부모들, 그리고 학생들까지 다 엄마를, 아니 최지영 선생님을 좋아한다. 그런데 그게 엄청 슬프다. 엄마가 나보다 다른 학생들을 더 사랑하는 것 같아 슬프다. 아무래도 혼자 엄마를 짝사랑하는 것 같다.

엄마는 아이들이 만들어 준 카네이션을 가져와서 막 자랑했다. 어버이날에 나도 카네이션을 수채화 색연필로 그리고 코팅까지 해서 주었다. 아빠는 그 카네이션을 냉장고에 붙여 놓았는데, 엄마는 어디다 뒀는지 생각이 안 난다고 했다. 책을 보다 끼워 놓았는데 그게 무슨 책인지 생각이 안 난다고 아무렇지도 않게 말했다. 그 말을 듣고 방에서 한참 울었다. 다행히 경미 이모는 침대 위에 카네이션을 붙여 놓았다. 이모 말대로 나는 반은 이모 딸이니까 그걸로 위로를 받기로 한다. 그렇지만 슬픈 건 어쩔 수 없다.

지영은 경미가 전해 준 가온이 일기를 여러 번 읽었다. 지영은 항상 가온이가 걱정스러웠다. 어릴 때도 자기 품보다 남편이나 경미 품에 있을 때가 더 많던 아이였다. 초등학생 때부터 늘 엄마 기분을 살피는 가온이를 볼 때마다 죄책감이 들었다. 기환은 지영의 그런 마음이 도움이 되지 않는다고 했지만 자신 때문에 애어른이 된 가온이가 안쓰러운 것은 어쩔 수 없었다. 지영은 울적한 마음을 가라앉히기 위해 성당을 찾았다. 병원 본관을 지나 소나무 숲으로 들어서자 나무로 만든 징검다리가 지영에게 어서 오라고 말을 거는 것처럼 느껴졌다.

허공에 떠 있는 것 같은 필로티 구조의 성당에 들어갈 때마다 지영은 마음이 열리는 느낌을 받았다. 성당 문은 회전식이지만 큰 빌딩의 둥근 회전문과 달리 닫혀 있을 땐 여느 문과 다름없어 보인다. 그러나 오른쪽 왼쪽 어디를 밀어도 미는 쪽을 향해 문이 열린다. 안에서 밖이든, 밖에서 안이든 어느 쪽으로든 상관없다. 지영은 병원에 입원해 있을 때면 항상 이 성당에 왔다. 세상 사람들이 다 자신에게 문을 닫아도 이 성당만큼은 언제나 문을 열어 주고 다시 세상 밖으로 나가도록 문을 열어 주었다.

성당에 들어와 앉으면 제대와 십자가 뒤 유리벽으로 숲이 들어왔다. 신과 인간의 경계가 지워지는 것 같다. 금속으로 만든 십자가는 테두리만 있고 가운데가 텅 비어 있어서 성당 유리벽 너머의 세상이 담긴다. 지영은 십자가 위에 얹어진 자신의 시간을 본다. 지영의 어깨가 한결 가볍게 느껴진다. 그 때문일까. 이 성당에서만큼은 그날의 고통을 천천히 떠올릴 수 있었다. 그날 이후 지영의 정체성이 되어 버린 그때의 일을.

다른 데서는 지영의 의지와 상관없이 그날의 장면들이 섬광처럼 떠올랐다. 여인숙 모서리의 거미줄, 밖에서 들리던

술 취한 사람들의 고성, 이불에서 나던 퀴퀴한 냄새, 모텔 천
장의 흐릿했던 전등, 도배지, 콘돔 자판기, 자줏빛 둥근 침대,
M에게서 나던 술 냄새와 모텔 욕실에 있던 비누 냄새. 모든
감각이 순서 없이 떠올랐다가 사라졌다. 그리고 남는 것은
견딜 수 없는 수치심과 혐오감과 분노였다. 이어서 잉태된
아기를 품고 있던 시간과 열두 시간의 진통 끝에 낳은 아이
를 끝내 얼굴 한번 보지 못하고 떠나보내야 했던 무기력한
시간이 지영의 목을 죄어 왔다.

　지영은 수시로 과거의 시간에 갇혔다. 의지박약이라고 자
책하다가 지치면 모든 것을 내려놓고 편해지고 싶었다. 그때
마다 죽음을 시도했다. 그러다 이 병원에 와서야 그 모든 일
이 자신의 책임만이 아니라는 걸 알게 되었다.

1987년 7월 1일

　은총이 가득하신 마리아님, 기뻐하소서.
　주님께서 함께 계시니 여인 중에 복되시며
　태중의 아들 예수님 또한 복되시나이다.
　천주의 성모마리아님,

이제와 저희 죽을 때에

저희 죄인을 위하여 빌어 주소서.

아멘.

성모님, 저는 복된 여인일까요. 죄인일 뿐일까요? 오늘도 여명
이 시작될 때 집을 나서서 성당에 갔습니다. 새벽에 기도를 올리
고 미사도 드렸습니다. 벌써 열흘째입니다.

그런데 어젯밤, 제 몸 안에서 생명의 신호가 들렸습니다. 이게
제 기도에 대한 당신의 답입니까? 왜 제게 이런 시련을 주시는
것입니까? 제게 어떤 길을 보여 주시려고 하십니까?

두렵습니다. 자고 나면 깰 꿈이면 좋겠습니다. 요나처럼 고래
배 속으로 숨을 수 있으면 좋겠습니다.

1987년 7월 5일

"주님, 당신은 도대체 어디에 계신 겁니까?"

"주여, 나를 버리시나이까."

예수님이 십자가 위에서 울부짖었던 말이 오늘 하루 종일 귓
가를 맴돌았다.

66

일주일 내내 기다리던 주일. 늦잠을 자려는데 전화가 왔다. 이한열이 끝내 사망했단다. 선배들은 미사 뒤에 모두 서울로 올라간다고 했다. 몸이 아프다는 핑계로 미사도 가지 않고 내내 누워 있었다.

청년회 사람은 아무도 없을 저녁 미사에 갔다. 저녁 미사는 강론도 없이 일찍 끝났다.

성당 문을 나서자 붉게 물든 석양 아래 벚나무가 유난히 질푸르게 보였다. 벚나무 아래 버찌가 떨어져 있었다. 누군가에게 밟혀 터지고 납작해진 버찌는 개 몸에 붙은 진드기를 잡아 발로 문질렀을 때처럼 처참해 보였다. 봄에 화려한 꽃을 피울 때는 사람들의 관심을 한 몸에 받았는데 그 열매는 아무도 주목하지 않는 것 같아 슬프다. 콘크리트 바닥에 떨어져 사람들 발에 짓밟힌 열매는 새로운 생명으로 잉태될 기회조차 갖지 못할 것이다. 문득 자궁 안에서 계속해서 신호를 보내는 존재가 떠올랐다. 내일이라도 병원에 간다면 내 안의 생명 역시 이렇게 짓밟혀버릴 것이다.

오늘 미사를 드리는 중간에도 배 속의 아이가 계속 신호를 보냈다. 끊임없이 자기가 살아 있다는 것을 알리는 것 같다. "엄마,

나 여기 있어요." 하고. 그런데 나는 아직도 대답을 하지 않았다. 귀를 닫고 모르는 척하고 있다. 어떤 사람들에게는 기쁜 소식일 텐데, 나는 이 생명에게 미안하다는 말조차 하지 못하고 있다. 어제도 병원 로비에서 잡지만 보다 나왔다. 보통 17주에서 18주에 태동을 느낀다는데 나는 16주 만에 태동이 왔다. 자신을 떠나보낼지도 모른다는 걸 알고 일찍 신호를 보낸 걸까?

오늘 저녁 미사 때 수녀님께 넌지시 M선배에 대해 물었다. 그러나 수녀님도 어디 있는지 알지 못한다고 하셨다. 왜 그를 찾느냐는 말에 아기 이야기는 하지 못했다. 경미에게 임신했다는 이야기를 하면 어떤 반응일까? 아마 당장 내 손을 잡고 산부인과로 가자고 할 것이다.

경미는 내 이야기를 듣고 잠시의 망설임도 없이 성폭행을 당한 거라고 말했던 아이다. 엄마는 어떨까? 엄마는 오빠와 내가 모두 하느님의 종이 되게 하고 싶다고 했었다. 그런데 이렇게 임신을 해 버렸으니 나는 수도자가 될 수 없다. 내 임신이 신학교에 있는 오빠에게 피해가 되지는 않을까? 모든 것이 혼란스럽다.

주님은 나를 어떤 길로 이끄시는 걸까?

태동 말고 다른 답은 왜 주시지 않는 걸까?

1987년 8월 16일

내일이면 집을 떠난다. 그곳에서 나는 어떤 일을 마주하게 될까? 수녀님이 소개해 주셨다는 산파는 어떤 사람일까? 다섯 달 뒤 태어날 아이는 그 산파를 통해 입양 보내기로 약속했다. 엄마의 집요한 설득에 넘어가 아이를 보내겠다고 각서를 썼지만 옳은 일일까? 생명을 지켰다는 것만으로 내가 용서받을 수 있을까?

그러나 아무리 생각해도 나는 아이를 키울 자신이 없다. 배 속의 아이를 사랑할 수 없을 것 같다. 아이가 세상에 나와 내 품에 안겼을 때, M을 떠올리지 않을 수 있을까? 자신이 없다. 그래서 좋은 곳으로 떠나보내기로 한 것이다. 엄마 핑계를 대며.

나처럼 어리고, 아무것도 가진 것 없는 엄마보다는 안정된 부모가 아이한테도 좋을 거다. 이건 내가 편하자고 하는 이기적인 생각일 뿐이다. 하느님은 이 비겁하고 이기적인 엄마를 용서해 주실까? 한심하다. 입양을 선택한 순간에도 나는 용서를 바라고 있다. 하느님은 이기적이고 염치없는 내게서 구원의 기회를 거두어 갈 것이다.

내 삶은 회복될 수 없다.

이제 나는 행복, 기쁨, 사랑 따위를 입에 담을 수 없을 것 같다.

　지영은 그때 자신이 얼마나 형편없이 느껴졌는지 생생하게 기억했다. 다시는 웃을 일도, 누군가를 사랑하는 일도 일어나지 않을 거라 생각했다. 그로부터 30년이 지나도록 지영은 그때 일기를 읽을 용기조차 낼 수 없었다. 그런데 이제 그때를 떠올린다. 여전히 가슴이 저리고 설움이 북받치지만 호흡이 가빠지거나 성당 기둥이 흔들리는 것 같은 느낌은 들지 않는다. 이제야 그 길고 긴 터널의 끝까지 왔다는 생각이 든다. 가온이에게 그날의 일들을 이야기하고 나면 드디어 터널을 빠져나올 수 있을 것 같다. 잠시 감사의 기도를 드렸다. 그리고 성당을 나와 인동꽃이 핀 십자가의 길을 따라 걸었다. 해가 길어져 6시가 넘었는데도 환했다.

　지영은 예수가 사형 판결을 받는 첫 번째 조각 앞에서부터 천천히 묵상을 시작해 여덟 번째 조각 앞에 섰다. 예수가 예루살렘의 여인들을 위로하는 장면이다. 예루살렘의 여인들은 누구보다 예수를 따랐다. 그들의 고통스러운 삶이 예수가 설파하는 하느님 나라를 절실하게 만들었다. 먼저 온 이들과 나중에 온 이들을 차별하지 않고, 남자와 여자를 차별하지 않고, 어린이와 나병에 걸린 이들을 차별하지 않고, 홀로 가족의 짐을 떠맡은 과부들을 차별하지 않는 예수가 죄인이 되어 십자가를 메고 처형대로 가고 있다. 여인들은 절망을 감출 수 없어 통곡한다. 그런데 예수는 여인들에게 말한다. 자신이 아닌 여인들과 자녀를 위해 울라고. 그 말에 뭉클해진다. 자신을 향한 말처럼 느껴진다.

아홉 번째 조각, 예수가 넘어졌다. 지영은 항상 이곳에서 눈물을 흘린다. 넘어진 예수에게서 자신을 보기 때문이다. 열 번째 조각, 겨우 일어나 걷는 예수의 옷을 누군가가 벗긴다. 그 수치와 모욕이 지영에게 그대로 전해진다. 예수는 철저하게 무너진다. 그렇게 옷이 벗겨지고 짓밟히는 순간, 예수는 민중들을 떠올린다. 힘과 권력에 의해 늘 짓밟히고 발가벗겨진 사람들을. 그가 사랑하는 땅의 사람들을. 지영은 33년 전 M에 의해 옷이 벗겨지고 억지로 침대에 눕혀지던 때를 떠올린다. 예수가 십자가에 못 박히고, 죽은 예수가 십자가 아래로 내려진다. 열세 번째 조각이다.

오래전, 경미와 갔던 로마 바티칸의 성베드로대성당에서 미켈란젤로의 피에타를 보았다. 경미는 성모마리아가 너무 젊고 아름답다고 투덜거렸다. 지영이 보기에도 죽은 아들의 시신을 안고 있는 성모마리아의 표정은 고통에 차 있기보다 평화롭고 우아했다. 예수 역시 미소를 품고 있는 것처럼 보였다. 하늘에 올라 아버지 옆에 선 영광을 누렸기 때문일까. 그러나 지영은 성모마리아와 예수의 평화로운 얼굴에 공감할 수 없었다. 그런데 몇 년 뒤, 베를린에서 만난 케테 콜비츠의 피에타 앞에서 자기도 모르게 무릎을 꿇고 오열했다. 성베드로대성당 안의 투명한 아크릴에 갇힌 미켈란젤로의 피에타에서 느끼지 못한 어머니의 고통을, 비를 맞고 있는 케테 콜비츠의 피에타는 온몸으로 표현하고 있었다. 지영은 언제나처럼 다른 조각보다 열세 번째 조각 앞에 오래 머물며 피에타의 고통을 묵상했다.

지영의 부모는 독실한 천주교 신자였다. 지영은 어려서부터 부모를 따라 양로원, 보육원 봉사를 다녔고 자연스럽게 수녀가 되기를 꿈꿨다. 오빠는 신학교에 다녔다. 원래 넉넉하지 않던 살림이었는데 아버지가 암 투병을 하는 동안 빚까지 져 지영은 대학을 포기했다. 그리고 사제가 될 오빠를 위해 성당 건너편 상가의 관리 사무소에 취직했다.

지영이 고3 때 부임한 본당 신부는 젊고 진보적이었다. 미

사 강론 때도 군사정권을 거침없이 비판했고, 박종철 고문
치사 사건, 형제복지원 사건을 강론에서 언급했다. 성당 고
등학생 모임을 지도했던 유디트 수녀는 지영에게 5·18 광주
의 진실을 알려 주었다. 지영은 막연하게나마 그리스도인으
로 산다는 것은 정의와 평화를 실천하는 것이라는 생각을
하게 됐다. 지영은 성당 청년회에서, 경미는 대학교 학생회에
서 활동하며 주말마다 만나 정치와 사회 문제에 관한 이야
기를 나눴다.

　어느 날, 성당 선배들이 M을 데리고 왔다. 1년 전 있었던
시위의 주동자로 수배 중이라고 했다. M은 오랫동안 이발을
하지 못해 머리카락이 덥수룩했고, 하얀 피부가 창백해 보
였다. 지영과 청년회가 할 일은 M이 성당 교육관 지하에서
지낼 동안 식사를 챙겨 주고 연락책이 되어 주는 것이었다.
본당 신부와 유디트 수녀도 드러나지 않게 지원을 해 주기
로 한 것 같았다. 지영도 1년 전 시위에 대해서는 들은 적이
있었다. 정부가 폭력시위로 몰아가면서 주동자들 대부분이
수배되거나 구속된 상태였다.

　M이 교육관에서 지낸 지 일주일쯤 지나 신자들 사이에서
말이 나오기 시작했다. 경찰의 수배를 받는 사람을 성당에

서 몰래 지내게 하는 일에 대해 거부감을 갖는 신자들이 있었다. 청년회 선배들은 M의 거처를 다른 곳으로 옮기기로 했다. 여차하면 빨리 도망갈 수 있는 역 근처로 알아보았다. 선배들은 지영 또래 여학생들이 M을 도와주길 바랐다.

"남자들은 불심검문에 걸릴 위험이 더 많고 우리들은 경찰들이 주시하고 있어서 여자 후배들이 나서면 좋겠어."

지영은 선배들이 어린 여자 후배들을 콕 찍는 게 잘 납득되지 않았지만 혹시라도 겁이 나서 발뺌하는 것처럼 들릴까봐 말하지 못했다.

M이 성당을 떠나기로 한 날, 선배들은 지영을 역 앞 실내 포장마차로 불렀다. 그 자리에는 선배들과 동기들이 이미 와 있었다. 선배들은 술을 마시며 웃고 떠들었지만 지영은 긴장이 돼서 술은커녕 콜라 한 모금도 넘어가지 않았다. 그리고 밤 9시쯤 자리를 정리하기 시작할 때 선배들은 누가 M을 여인숙에 데려갈지 물었다. 지영과 동갑이었던 친구는 중간고사 공부를 해야 한다며 뺐다.

"지영이 좋을 것 같아. 경찰한테 걸렸을 때 둘러대려면 대학생보다 그냥 회사원인 게 더 유리하거든. 또 지영이 가장 여성스럽고 순진하게 생겼잖아."

그 말이 불쾌하게 들렸지만 반발하지는 못했다. 30분이면 된다고 했다. M과 함께 여인숙에 들어갔다가 30분 정도 뒤에 나오라고, 선배들은 다방에서 기다리겠다고 했다.

지영은 M과 함께 여인숙으로 들어갔다. M은 머리카락을 쓸어 올리더니 요 위에 앉았다. 지영은 벽 모서리에 불편한 자세로 앉았다. M이 웃으며 물었다.

"마리아라고 했지?"

"네."

"성모마리아? 막달라 마리아?"

"막달라 마리아요."

"그래? 의외다. 성모마리아가 더 어울릴 것 같은데. 이리 가까이 와."

"괜찮습니다."

"내가 안 괜찮아. 낯선 방에서 서로 떨어져 있으니까 더 긴장이 돼서 그래. 이리 와."

지영이 쭈뼛거리며 요 위에 엉덩이를 걸치고 앉자 M이 지영의 무릎을 베고 누웠다. 지영이 깜짝 놀라 몸을 뒤로 뺐다. 그러자 M이 인상을 찌푸리며 일어나 앉았다.

"뭐냐? 기분 나쁘게."

"좀 놀라서요."

"너 어떻게 안 해. 잠시만 위로받고 싶은 거야. 마리아 너도 미켈란젤로의 피에타 알지?"

"네."

"성모마리아의 마음으로 잠깐만 무릎을 내줘. 부탁이야. 그동안 너무 외롭고 힘들었어. 성당에서도 일주일 동안 책상 밑에 돗자리 깔고 혼자 누워 있었어. 너는 상상도 못 할 거야. 그 불안과 외로움을."

지영은 그 불안과 외로움을 정말 알 수 없었다. 그래서 상상하려 애썼다. 그런 지영을 유심히 보던 M이 다시 물었다.

"니코스 카잔차키스의 『최후의 유혹』 읽어 봤어?"

"아니요."

"거기 나오는 막달라 마리아는 예수가 사랑하는 애인이고 아내였어. 나는 그 소설 속의 예수가 진짜 예수라고 생각해."

지영은 그 소설을 읽지 않았으므로 M이 하는 말을 알아듣지 못했다. 그렇지만 자신을 잡은 그의 마른 손이 너무 차가워 순간 연민이 생겼다. M이 다시 지영의 무릎을 베고 누웠다. 지영은 금세 가늘게 코를 고는 그를 내려다봤다. 얼마가 지났을까? 그가 잠든 것을 확인하고는 살며시 머리를 잡아 방바닥에 내려놓고 조심스럽게 일어났다. 그 순간 그가 지영의 발목을 덥석 잡았다.

"조금만 더. 잠들 때까지만 있어 줘."

지영은 온몸이 얼어붙었다. 한참이 지나 M이 완전히 잠이 들었을 때 여인숙을 빠져나와 다방에 갔더니 셔터가 내려져 있었다. 선배들 중 아무도 자신을 찾지 않았다는 것을 안 순간 눈물이 쏟아졌다.

다음 날, 선배들은 여인숙이 노출되었을지 모르니 숙소를 모텔로 옮겨야겠다며 지영에게 한번만 더 와 달라고 했다. 그러면서 M을 돕는 것이 민주화를 위한 중요한 일인 것처럼 이야기했다. 지영은 몸을 사리는 자신이 비겁하다고 느끼면서도 마지못해 가서 전날과 똑같이 술집에 있다가 M과 밖으로 나왔다. 지영에게 자기 몸을 온전히 실은 M을 데리고 모텔 계단을 올라갔다. 카운터에서 모텔비를 묻고 값을 치렀다. 주인 남자가 지영의 얼굴을 빤히 쳐다보며 능글맞게 웃었다. 불쾌한 느낌이 온몸을 휘감았지만 혹시라도 남자가 자신들을 의심이라도 할까 봐 태연하려고 애썼다. 2층으로 올라가는 동안 지영의 어깨에 얹은 M의 팔이 축 늘어져 자꾸만 가슴에 닿았다. 손을 치울 수도 있었지만 그는 아무런 노력을 하지 않았다. 모텔은 여인숙보다는 환경이 나았다. 여인숙 방 안에서 나던 퀴퀴한 냄새가 없고 깨끗했다. 그러나 붉은 장미 무늬 벽지와 침대의 짙은 자주색 가죽 커버는 위협적이었다. 침대와 같은 색깔의 탁자와 일인용 소파가 마치 방 안을 둥둥 떠다니는 것 같았다. 그래도 어제보다는 M이 편하게 잠을 잘 수 있을 거라는 생각에 안도했다.

M은 침대에 눕더니 전날 지영 덕분에 두 시간이나 잤다며 잠깐 옆에 있어 달라고 부탁했다. 지영은 침대에 조심스럽게 걸터앉았다. M은 텔레비전을 켜 놓고는 혼잣말을 하듯 수배자가 겪는 불안함과 위험에 대해서 말했다. 그러더니 어머니 품이 그립다고 했다. 그 말이 슬프고 아프게 들렸다. M은 눈물을 흘리고 있었다. 그는 지영에게 어제는 성모마리아가 되어 주었다면, 오늘은 막달라 마리아가 되어 달라고 했다. 처음에는 그 말뜻을 이해하지 못했다. 그래서 대답을 하지 못하고 있는데 갑자기 그의 손이 지영의 몸을 더듬었다. 지영은 벌떡 일어났다.

"선배들이 기다려요."

M의 얼굴이 차갑게 굳었다.

"내가 나쁜 짓이라도 했어?"

당황스러웠다. 나쁜 짓이 아니라면 무슨 행동인지 묻고 싶었지만 입이 떨어지지 않았다. 그는 모텔 방에 숨어들어 숨 죽이고 있어야 하는 자신에게 부채 의식 같은 게 느껴지지 않느냐고 물었다. 지영이 M에게 느껴야 할 부채 의식이 무엇인지를 생각하고 있는데 그의 손이 속옷 안으로 들어왔다. 그의 손을 뿌리치다가 눈빛이 마주쳤다. 그 눈빛이 성당 뒷골목의 어미 잃은 새끼 고양이 같았다. 지영은 애써 생각했다. M을 고양이라고 생각하면 안아 줄 수 있을까. M은 공포와 혼란으로 얼어붙은 지영에게 혁명가 예수를 따르는 길에 대해, 그리스도인의 순교에 대해, 민주주의를 위한 헌신에 대해 말했다. 지영은 M과 겨룰 힘이 없었다.

집에 도착해서 보니 속옷에 생리 첫날처럼 피가 묻어 있었다. 두 시간 넘게 샤워를 해도 불쾌한 느낌이 지워지지 않았다.

얼마 뒤 지영은 성당 선배들이 모인 자리에서 더는 M을 돕지 않겠다는 말을 꺼내려고 했다. 하지만 분위기가 심상치 않았다. M과 같이 수배되었던 동기가 경찰한테 체포되었는데 어디로 끌려갔는지 행방을 알 수 없다고 했다. 선배들의 말투에서 위기감이 느껴졌다. 그런 상황에서 선배들은 다시 지영에게 부탁했다. M에게 저녁밥과 속옷만 전해 주고 나오면 된다고 했다. 그 절박함을 외면할 수 없었다. 지영은 그날이 마지막이라고 스스로에게 되뇌었다.

지영은 모텔을 나와서 그저 막차를 놓치지 않으려고 뛰었다. 아슬아슬하게 버스에 올라타 운전석 뒤에 앉자 그제야 목이 메어 왔다. 지영은 복받치는 울음을 꾸역꾸역 삼켰다. 차창에 비친 자신의 모습이 수치스러웠다. 지영은 버스에서 내려 집 쪽으로 가는 대신 동네 건너편 벌판으로 나갔다. 불빛 하나 없는 논둑길을 걸어 비닐하우스와 공장 사이의 골목을 이리저리 헤맸다. 평소에는 날이 어두워지면 발길도 하지 않던 곳이었다. 지영은 날이 희끄무레 밝아 올 무렵에야 경미 집으로 갔다.

경미는 지영이 이야기를 다 마치기도 전에 낯을 붉히며 소리쳤다.

"지영아, 너 성폭행을 당한 거야. 그 새끼한테 너 속은 거야. 당한 거라고."

지영은 경미 말을 부정했다.

"그게 아니야. 경미야, 그 사람은 그냥 내게 막달라 마리아가 되어 달라는 거였어."

"막달라 마리아? 그래서 막달라 마리아가 예수를 사랑한 것처럼 너도 그 자식을 사랑했어?"

지영은 몸서리를 치며 고개를 저었다.

"아니, 그런 거 아니야."

"그럼 그놈이랑 자는 걸 원했어?"

"아니, 절대 아니라고. 그런 끔찍한 말 하지 마."

"그런데 성폭행이 아니라고? 지영아, 너답지 않게 왜 그래. 정신 차려."

"그렇게 생각하면 안 되는 거잖아."

"뭐가 안 되는데?"

"지금 너무 힘든 상황이잖아. 그 사람은 지금 쫓기고 있어. 언제 잡힐지 몰라. 같이 수배됐던 사람이 안양 어디서 연행됐는데 어디로 갔는지 아무도 모른대. 박종철처럼 그렇게 죽을 수도 있는 거잖아. 얼마나 외롭고 두렵겠어. 민주화 운동을 하다가 그렇게 된 거잖아. 선배들이 그랬어. 우리는 그 사람과 동료들한테 빚을 지고 있다고. 그래서 도와야 할 의무가 있다고."

"지영아, 이건 다른 문제야. 그놈은 그냥 자신의 처지를 이

용해 너를 성폭행한 거라고."

"자꾸 성폭행, 성폭행 하지 마."

그 말에 경미는 눈물을 흘리며 떨리는 목소리로 말했다.

"최지영, 제발 정신 차려. 이건 그냥 넘어가면 안 돼. 선배
들이랑 수녀님한테 가서 말해."

지영은 애써 울음을 참아 가며 말했다.

"어떻게 그래."

"네가 안 하면 나라도 할 거야."

"그건 안 돼. 내가 알아서 할게."

"왜 안 돼? 네가 뭘 알아서 해? 그놈이 얼마나 파렴치한
짓을 했는지 알려야지. 이건 있을 수 없는 일이야. 너 정신
똑바로 차려야 해."

경미 말이 비수처럼 지영의 가슴에 와 꽂혔다. 예수를 따
르고자 한 열정, 성모마리아의 희생, 막달라 마리아의 사
랑, 혁명을 위한 순교 그 모든 것이 현란한 말장난과 거짓이
었다는 걸 정말 몰랐는지 자신할 수 없었다. 끝 모를 바닥
으로 떨어져 내리는 것 같았다. 경미 말대로 자신이 성폭행
피해자라는 것을 인정하고 나면 모든 것이 무너져 버릴 것

같았다.

유디트 수녀를 찾아갔다. 그 자리에 청년회 선배 언니도 있었다. 둘은 지영의 이야기를 듣고 놀란 듯했지만 경미처럼 정색하지 않고, 분노하지도 않았다.

유디트 수녀는 M이 1년 넘게 수배자 생활을 하며 심리적으로 피폐해졌을 거라고 했다. M이 얼마나 궁지에 몰려 있는지, 그래서 얼마나 나약해져 있는지 변명해 주었다. 지영은 그런 M을 연민으로 끌어안은 거라고 말했다. 지영이 어리석었다고 하지 않고, 순수하고 숭고한 희생이라고 말해 주었다. 그 말이 성폭행 피해자라는 말보다 달아서 위로가 되었다.

"이 일은 우리만의 비밀이어야 해요. 일이 커지면 마리아만 더 힘들어져요. 경미한테도 우리가 말할게요. 이 일이 밖으로 나가지 않게. 지금은 많이 힘들겠지만 곧 괜찮아질 거예요. 마리아는 이 시련을 딛고 더 단단한 사람이 될 거예요. 주님이 마리아를 하느님의 종으로 귀하게 쓰실 거예요. 마리아는 충분히 그런 사람이에요."

지영은 두 사람의 말을 믿고 싶었다. 그래야 견딜 수 있을 것 같았다. 그러나 시간이 가면 갈수록 기억은 묻히지 않고 더 선명해졌다.

처음에는 지영을 홀로 여인숙으로 밀어 넣은 성당 선배들의 비겁함과 무심함에 화가 났다. 자신에게 일어난 일이 무엇인지 깨닫게 되고부터는 그 일을 덮자고 한 수녀님과 선배가 원망스러워졌다. 그리고 어처구니없게도 자신의 고백을 듣고 위로하기보다 질책하고 화를 낸 경미한테 섭섭한 마음이 자꾸 커졌다. 경미만이 진실을 말한 것을 알면서도 서운함이 가시지 않았다.

두 달이 지나도록 생리가 없었다. 혼자서 약국에 가 임신테스터기를 샀다. 붉은색 두 줄을 확인하는 순간 온몸에 경련이 일었다. 그대로 죽어야 하는지, 아니면 태아를 죽여야 하는지 판단이 서지 않았다. 지영은 엄마에게 임신 사실을 털어놓았다.

엄마는 당장 M을 찾아가겠다고 울고불고하다가, 며칠 뒤 혼자 유디트 수녀를 만나고 왔다. 엄마는 지영에게 단호하게 말했다.

"절대 임신중절은 안 돼."

가톨릭 신자에게 임신 중단은 하느님의 뜻에 반하는, 절대 해서는 안 되는 행위였다.

얼마 뒤, 지영은 엄마와 강릉행 고속버스를 탔다. 강릉 터미널에서 택시를 타고 어느 바닷가 마을의 초등학교 앞에서 내렸다. 학교 담장을 따라 야트막한 언덕을 오르니 일본식 목조주택이 나왔다. 대문 앞에 키가 작고 아담한 중년 여자가 기다리고 있었다. 커트 머리에 화장기가 하나도 없는 여자의 첫인상은 무척 엄격하고 차가웠다. 엄마는 지영을 그곳에 남겨 두고 집으로 돌아갔다. 하루 종일 방에서 꼼짝하지 않는 지영에게 여자가 말했다.

"로사라고 해요. 앞으로는 이모라 불러요."

며칠을 방에만 있다가 끼니때만 마루로 나가 몇 술 떴다.

"그러다 쓰러지기라도 하면 어쩌려고 해요."

로사 이모는 지영에게 외투를 건넸다.

"산책 가요. 햇살이 좋아요."

지영은 끌려 나오다시피 밖으로 향했다. 초등학교 운동장에서 아이들이 뛰놀고 있었다. 청명한 하늘과 마른 공기를 가르는 아이들의 밝은 목소리에 축 늘어져 생기를 잃어 가던 몸의 감각들이 되살아났다. 낮은 담 주변으로는 코스모스가 피어 있고 벚나무 이파리들이 울긋불긋해지고 있었다. 학교는 붉은 벽돌과 시멘트로 지은 오래된 건물이었지만 바다를 품고 있어서인지 제법 운치가 있어 보였다. 지영은 종이 울리자 운동장으로 쏟아져 나오는 아이들을 보며 바다가 보이는 학교의 선생님이 되면 좋겠다고 생각했다.

"저는 선생님이 꿈이었어요."

지영의 말에 로사 이모가 반가워하며 말했다.

"그래요? 마리아는 좋은 선생님이 될 것 같아요. 아기를 입양 보내고 나면 마리아가 하고 싶었던 일을 하며 살아요. 행복해지세요."

지영은 하고 싶었던 일이 무엇인지 떠올려 보았다. 선생님이 되고 싶었고, 민주주의를 위해 싸우고 싶었고, 가난하고 약한 이들을 돕고 싶었다. 거기에 엄마가 되려는 계획은 없었다.

"아이를 입양 보내고 내가 하고 싶은 일을 하며 사는 게 가능할까요? 아기를 떠나보내고도 행복해질 수 있을까요? 너무 무책임하잖아요."

"아니에요. 지금 마리아는 엄마로서 책임을 다하고 있는 거라 생각해요."

"말도 안 돼요."

"진짜예요. 사실 유디트 수녀가 내 막냇동생이에요. 몇 달

전, 동생이 마리아 이야기를 하며 도와 달라고 부탁을 하더군요. 내가 독일에 간호사로 가서 산부인과에서 오래 일했어요. 몇 년 전 한국으로 돌아온 뒤에는 산파 일을 하고 있어요. 처음엔 못 하겠다고 했는데 동생이 마리아에 대해 자세하게 얘기해 줬어요. 어머니가 딸의 임신중절을 원하지 않아 임신한 지 5개월이 넘었다는 얘기도요. 동생 이야기를 듣고 나니 돕고 싶어졌어요."

"왜요?"

"마리아에게 일어난 일이 남 일처럼 느껴지지 않았어요. 같이 일하던 내 동료들도, 나도 겪은 일이었거든요. 만약 내가 마리아 곁에 있었다면 바로 임신 중단을 권했을 거예요. 나는 가톨릭 신자지만 모든 임신 중단이 죄악이라는 교회 입장에 동의하지 않아요. 그렇지만 마리아의 용기와 어머니의 선택을 존중해요. 그래서 돕고 싶었어요. 독일에 있으면서 한국에서 입양된 아이들을 봤기 때문에 아이를 외국으로 입양 보내는 건 내키지 않았어요. 그런데 마침 아는 분이 아이를 입양하고 싶다고 하는 거예요. 주님의 뜻이라는 생각이 들었어요."

"어떤 분들이에요?"

"경제적으로 여유 있고 학식도 높고. 강릉에서 멀지 않은 곳에 사시는데, 아기한테 좋은 환경이에요. 좋은 분들이라 정말 마음 놓아도 돼요."

"아기가 엄마 심장 소리를 기억한다면서요? 엄마가 자기를 버린 걸 기억하지 않을까요?"

"아니에요. 그분들이 친자식처럼 사랑으로 품어 줄 거예요. 절대 죄책감 갖지 말아요."

"책에서 보니까 태동을 느끼면 엄마는 아기가 빨리 보고 싶어진다는데 저는 태동을 느끼고 나서 너무 두려웠어요. 저는 진짜 모성애가 없는 것 같아요."

"마리아, 모성애라는 걸로 자신을 채찍질하지 말아요. 우리 어머니는 무뚝뚝하고 엄하기만 했어요. 어머니 혼자 육 남매의 양육을 떠맡아야 했거든요. 늘 악에 받쳐 있었죠. 그런 엄마가 늘 무섭고 원망스러웠어요. 스무 살 때 독일에 갔어요. 엄마를 도와 가족을 부양해야 했거든요. 20년 넘게 산부인과 간호사로 있으면서 알게 된 게 있어요. 산모의 환경이 좋아야 우리가 책에서 배운 그 모성애가 제대로 발현된다는 것을요. 그 모성애라는 것도 마냥 희생하고 부드럽고 다정한 것만이 아니에요. 자식들 굶기지 않으려는 악다구니도, 아이를 위한 냉정한 선택도 사랑이에요. 육 남매를 홀로 키우기 위해 사납기만 했던 엄마에게 책이나 드라마 속의 모성애를 기대했던 게 철이 없었다는 걸 그제야 알았어요. 마리아는 지금 아이를 위해 최선을 다하고 있는 거예요. 그 것으로도 충분해요. 자책하지 말아요."

그 말은 묘하게 위로가 되었다. 지영은 로사 이모 말에 설득당하기로 했다.

난산이었다. 저녁부터 진통이 시작되었는데 아기 머리가 보인다고 로사 이모가 소리친 건 먼동이 틀 때쯤이었다.

"됐어. 지금이야. 한번만 더 힘줘."

지영은 있는 힘을 다 주다가 정신을 잃었다. 그때 어렴풋이 아기 울음소리를 들었다. 정신을 차렸을 때 엄마가 옆에서 손을 잡고 있었다. 지영이 아기를 찾자 엄마가 말했다.

"아기는 건강해. 아기가 괜찮은지 진찰하러 시내 소아과로 데리고 갔어. 걱정 마."

그러나 아기는 다시 돌아오지 않았다. 하루가 지나기도 전에 가슴이 찌릿찌릿해 왔다. 로사 이모가 약을 건넸다.

"젖 말리는 약이에요."

"아기는요? 아기를 보고 싶어요."

"마리아, 아기는 진짜 엄마의 품으로 갔어요."

"진짜 엄마요? 내가 진짜 엄마잖아요."

"이제부터 아기의 엄마 아빠는 그 가족이에요."

지영은 아기를 데려오라고 울부짖었다. 열두 시간 가까이 진통을 해서 낳은 아기를 안아 보지도 못하고 보냈다는 사실을 받아들일 수가 없었다. 엄마는 문 앞에 서서 울기만 했다. 로사 이모가 달래다 지쳐 방에서 나갔다. 지영은 자신이 울 자격조차 없다는 생각에 소리 내어 울지도 못했다.

젖 말리는 약을 먹었다고 금세 젖이 줄지 않았다. 가슴이 단단해지면서 겨드랑이까지 붉은 화농이 생겼다. 너무 아파서 팔을 제대로 움직일 수조차 없었다. 젖몸살이라고 했다. 차가운 수건으로 찜질을 하며 통증을 견뎠다. 일주일이 지나자 가슴 통증이 조금씩 가라앉기 시작했다. 몸은 금세 좋아졌다. 통증이 사라지니 우울한 기분도 좀 나아졌다. 아기를 입양 보낸 엄마가 이렇게 평온해도 되나 싶은 순간이 늘어났다. 로사 이모는 지영에게 오로지 자신에게만 집중하라고 했다. 그렇게 말해 주는 로사 이모가 고마웠다. 한 달이 지났을 때 엄마가 지영을 데리러 왔다. 로사 이모가 지영을 안아 주며 말했다.

"우리 다시 볼 일 없을 거예요. 다 잊는다는 게 불가능하겠지만 그래도 잊어요. 아기는 잘 크고 있다니 걱정 말아요. 하루하루 마리아만을 위해 살아요. 일단 지금 당장 하고 싶은 거, 원래 하고 싶었던 것만 생각해요."

지영은 아기가 아들이라는 것만 겨우 알아냈다.

엄마는 노량진에 방을 얻어 주었다.

"지영아, 공부해서 대학 가. 어릴 때부터 선생님이 되고 싶어 했잖아. 널 수녀원에 보내고 싶다는 건 내 욕심이었을 뿐이야. 이제부터 네가 하고 싶은 거 해."

오로지 자신만 생각하면서 공부를 하려고 했지만 열 달 동안 지영의 몸에서 숨 쉬던 생명을 쉽게 잊을 수 없었다. 열두 시간의 진통을 지영의 기억에서 지우는 것은 불가능했다. 신문에서든, 텔레비전 뉴스에서든 아이와 관련된 기사를 접하면 숨이 막혀 왔다. 뉴스에서 아이를 낳아 화장실에 버린 비정한 스무 살 엄마 얘기를 듣는 순간 숨을 쉴 수가 없었다. 학원에서 수업을 듣다가 벽과 천장이 조여 와 옴짝달싹 못 하는 공포를 겪었다.

하루는 계단을 내려오다 정신을 잃었는데 깨어 보니 병원 응급실이었다. 타박상은 심했지만 골절된 곳은 발목뿐이었다. 병실 침대에 누워 있는데 삶을 지속하는 것이 너무 버겁게 느껴졌다. 살아가려면 지영이 겪은 지난 1년간의 기억을 지워야 했다. 그러나 기억은 오히려 점점 또렷해져 갔다. 지영은 간호사실에서 가위를 훔쳐 화장실로 들어갔다.

악몽에서 깨어났을 때 지영의 손목에 붕대가 감겨 있었다. 살아 있다는 것이 수치스러웠다. 엄마는 그래도 살아남으라고 했다. 과거를 지우려 하지 말고 그냥 견디라고 했다. 그러면서 지영을 자신이 일하는 요양병원으로 데려갔다. 지영은 병원 린넨실에서 일하며 엄마와 지냈다. 지영이 교육대학에 합격한 것은 그로부터 2년이 지나서였다.

5
함께라면 어디라도

경미야.

지금 나는 학교 도서관에 앉아 편지를 써. 내가 다니는 학교
는 산 중턱에 있어서 봄 풍경이 제법 좋아. 우리가 다녔던 성당처
럼 벚꽃이 아름답게 피었어. 나보다 어린 신입생들이 삼삼오오
모여 웃음을 터뜨리며 캠퍼스를 거니는 모습이 참 보기 좋은데,
나는 아직 저들 속에 끼지 못하겠어.

경미야, 내가 대학생이 됐어. 넌 졸업했을 텐데 나는 이제 신
입생이 되었네. 중학생 때만 해도 너와 같은 대학, 같은 학과에
갈 꿈을 꾸었는데. 우리의 길이 어긋난 것이 다 내 탓이라는 생
각에 지난 시간들이 후회스러워. 네 연락처를 알아내는 게 쉽
지 않았어. 네가 성당 사람들, 고등학교 동창들까지 연락을 끊

고 산다고 해서 놀랐어. 모든 게 나 때문인 것 같아. 정말 미안해. 엄마 소식도 들었어. 상상도 못 했어. 장례는 어떻게 치렀는지……. 우리 아버지 돌아가셨을 때 너희 엄마가 많이 도와주셨는데. 혼자서 얼마나 힘들었을까?

경미야, 보고 싶어. 너를 만나서 듣고 싶은 말이 많아. 하고 싶은 말도 많고. 너는 나를 만나고 싶지 않겠지. 내가 태어나 자란 집, 동네, 친구들, 성당 사람들이 하나도 그립지 않아. 그런데 오로지 너만 그리워. 네가 나한테 화가 많이 났을 거라는 거 알아. 그래도 한번만 만나 주면 안 될까.

1991년 4월 13일
지영이가

4년 만에 편지를 보내온 뒤 지영은 일주일이 멀다 하고 계속 편지를 보냈다. 첫 편지를 받았을 때만 해도 경미는 지영을 만나고 싶지 않았다. 그래서 편지를 읽고도 답장을 하지 않았다. 그런데 언제부턴가 자기도 모르게 지영의 편지를 기다리기 시작했다. 몇 달 동안 경미는 계속 마음이 흔들렸다. 결국 경미는 지영을 만났다. 성탄절이 다가오고 있었고, 엄마의 기일도 얼마 남지 않았을 때였다. 경미는 더는 외로움을 견딜 수 없었다. 지영은 경미가 마음을 연 유일한 친구였다.

경미는 초등학교 때 인천으로 이사 와 처음 나간 성당 주일학교에서 지영을 만났다. 지영은 첫날부터 경미에게 먼저 다가와 말을 걸었다. 그리고 아침마다 경미네 집에 와 함께 학교로 갔다. 처음이었다. 누군가가 먼저 경미에게 다가와 준 것은.

경미는 태어나면서부터 모자원에서 자랐다. 그래서 엄마 성을 따르는 것이 이상한 일인지 몰랐고, 아버지가 없는 것이 동정받을 일이거나 흠이 된다는 것을 전혀 몰랐다. 그런데 초등학교 1학년 때 가정 조사를 하면서 담임선생님이 결손가정 아이라고 했다. 정확한 뜻은 몰랐지만 결손이라는 말에 묘하게 주눅이 들었다. 평소에 잘해 주던 동네 사람들도 경미가 작은 실수를 하면 아빠 없는 아이라서 그렇다고 혀를 찼다. 그래서 엄마가 인천에 있는 정형외과 병원으로 일자리를 옮겼을 때 날아갈 듯이 기뻤다.

경미네가 이사한 동네는 큰 공장이 모여 있는 공단 옆이었다. 집집마다 재봉틀을 두고 봉제 일을 하는 사람들이 많았다. 주변 논과 밭에서 농사를 짓는 사람도 있었다. 경미는 그 동네가 마음에 들었다. 엄마는 시골인지 도시인지 헷갈린다고 했지만 방과 후에 갈 곳이 많아 좋았다. 경미는 친구들 중에서도 지영이 가장 좋았다. 지영은 경미한테 왜 아빠가 없는지 따위를 묻지 않았고 지영이 엄마도 경미 엄마를 성당 자매로, 이웃으로 허물없이 대해 주었다.

엄마가 난소암 말기 진단을 받은 것은 경미가 대학교 3학년 때였다. 간호조무사인 엄마가 암이 말기가 되도록 건강 검진을 받지 않았다는 걸 알고 경미는 말문이 막혔다.

"갱년기가 돼서 그런 줄 알았지. 나보다 나이 많은 언니들이 그랬거든. 여자는 마흔 넘으면 몸이 여기저기 아픈 거라고."

엄마는 수술과 항암 치료를 거부했다. 이미 전이가 진행된 상태에서 수술을 해 봤자 고통만 클 거라고 했다. 엄마는 요양병원으로 갔다.

"너한테 남겨 줄 재산은 없어. 그냥 내가 벌어 둔 거 병원비로 다 쓰고 죽을 거 같아."

그러면서 경미에게 아버지를 찾아가라고 했다.

"난 아버지 없잖아."

"없긴 왜 없어. 그냥 눈 딱 감고 찾아가. 내가 살아 있을 때는 필요 없었지만 나 죽으면 너 혼자잖아. 내가 이만큼 키워 놨으니 저도 책임지라 해."

"나 스물두 살이야. 혼자서도 잘 살 수 있어. 엄마는 열아홉에 혼자서 나를 낳고도 지금까지 잘 살았잖아. 그리고 왜 그 사람이 내 아버지야? 나는 그냥 엄마 딸이야. 조경미라고."

경미가 아버지의 존재에 대해 안 것은 고등학교 2학년 때였다. 성당 고등부 활동을 시작하고부터 평소에는 경미가 무엇을 하든 간섭하지 않던 엄마의 잔소리가 시작되었다. 경미가 학교와 성당 고등부 활동 외에는 딴짓을 하지 않는 것을 뻔히 알면서도 친구 관계를 캐묻고 귀가 시간을 통제했다. 여름 수련회조차 가지 못하게 하는 엄마와 처음으로 언성을 높이며 싸운 날이었다. 엄마가 경미 아버지에 대해 털어놓았다.

"네 아버지 죽었다는 거 거짓말이야. 지금 목사야. 널 임신했을 때는 신학대학을 막 졸업한 전도사였지. 여름 수련회 갔다가 일이 생겼어. 날 좋아한다고 해서 믿었어. 중학교

97

때부터 알던 사람이었으니까. 내가 임신한 걸 알고 우리 엄마가 그 전도사 아비였던 목사를 찾아갔어. 그런데 모욕만 당하고 왔어. 그 뒤 교회에는 우리 모녀가 목사한테 돈을 뜯어내려고 일을 벌였다는 소문이 돌았어. 몇 달을 여기저기 쫓아다니며 억울함을 하소연했지만 소용없었어. 우리 엄마 억울해서 못 살겠다고 교회 종탑에서 목을 맸어. 나는 그저 전도사님을 믿은 것뿐인데 사람들은 내가 문제라고 했어. 내가 전도사한테 꼬리를 친 거라고. 내가 조신하지 못해서, 아비 없이 자라서 헤프고 행실이 좋지 않다고."

"그래서 나도 그럴 거라는 거야?"

"사람 일은 모르는 거야. 그리고 세상이 변했다 해도 여전히 여자들한테 불리해. 그러니 무조건 네가 조심해야 돼. 어쩔 수 없어."

"그래서 뭐, 나도 임신이라도 할까 봐 수련회도 못 가게해? 엄만 날 낳은 게 그렇게 후회돼?"

경미는 엄마가 왜 그러는지 알면서도 어깃장을 놓았다.

"아니, 그렇지 않아. 네가 있어서 행복했지, 나는. 처음 임신한 걸 알았을 때는 애를 떼려고 높은 데서 뛰어내리고, 배를 때리고, 설사약 먹고 별짓을 다했어. 그런데 어느 날 네가 내 배를 발로 차는 거야. 그렇게 떼려고 해도 악착같이 살아 있는 아기가 보고 싶었어. 도대체 어떤 아이기에 이렇게 목숨 줄이 긴 건지 궁금해졌어. 그래서 네 외할머니 장례식 치르고 내 발로 모자원을 찾아간 거야."

경미는 엄마가 죽더라도 잘 살아갈 거라고 말했다. 엄마가 살아온 것처럼 자기도 주눅 들지 않고 당당하게 살 거라고 했다. 그런데 외로움이 문제였다. 엄마의 장례를 홀로 치르며 경미는 자신의 삶에 거꾸러진 느낌이 들었다. 학교 앞에 있는 고시원으로 들어가서 몇 달을 폐인처럼 살다가 공무원 시험공부를 시작했다. 사회학을 더 공부하고 싶은 마음도 없지 않았지만 일단 먹고살려면 안정된 직장을 구하는 게 먼저였다. 그러나 아무리 마음을 다그쳐도 공부가 되지 않았다. 아무리 자신을 벼리고 벼려도 외로움과 고립감을 이겨 내기가 힘들었다. 그때 지영의 편지가 도착했다.

경미에게 지영은 또 다른 트라우마였다. 경미는 지영에게 일어난 일을 유디트 수녀와 선배들처럼 우연히 일어난 불운한 사고로 넘어갈 수 없었다. 분명한 성폭력이었다. 대학 입학을 앞두고 선배들은 경미와 지영을 부천에 있는 한 성당에서 열린 집회에 데리고 갔다. 경미는 그곳에서 부천 성고

문 사건에 대해 처음 알게 되었다. 끔찍하게 무서웠다. 엄마가 20년 전 겪은 성폭력이 노동운동을 하던 대학생한테도, 자신의 가장 소중한 친구한테도 벌어졌다. 그런데 여전히 성폭력은 드러내면 안 되는 일이었다. 유디트 수녀와 선배들은 지영에게 상처를 준 가해자가 M이 아니라 M의 행동을 성폭력이라고 말한 경미라고 했다. 지영은 그 말이 사실이라는 듯 경미를 피했다. 경미는 회복할 수 없는 깊은 상처를 입었다. 경미는 성당에서 만난 인연들을 끊어 냈다. 그 사람들을 다시 만나는 일은 없을 거라고 다짐했다. 그런데 엄마가 세상을 떠나고 혼자 남겨지자 지영이 떠올랐다. 지영은 자신에게 처음으로 손을 내밀어 준 친구였다. 외로움이 깊어지면 깊어질수록 더 사무쳤다. 경미는 그럴 때마다 그리움을 억눌러 왔다.

경미는 지영을 다시 만나고 나서야 그저 살기 위해 먹던 음식에 맛이 있다는 걸 깨달았다. 눈이 부셔도 햇빛을 피하지 않게 되고, 타인의 삶에도 관심을 갖게 되었다. 경미는 지영을 다시 만나고 1년 뒤에 공무원 시험에 합격하고 우체국에서 일하게 되었다. 지영도 교육대학 졸업과 동시에 임용을 받았다. 첫 발령지는 강화에 있는 초등학교였다. 지영은 경미에게 강화에서 함께 살자고 했다. 경미는 지영과 함께라면 어디라도 좋을 것 같았다.

둘은 강화에 살면서 주말에는 보육 시설이나 장애인 시설로 봉사 활동을 다니고 시민 단체 활동도 시작했다. 지영은 이제야 원하던 삶을 살게 돼서 행복하다고 말했지만 여전히 그때의 트라우마에 시달렸고, 경미 역시 과거의 상처로부터 자유롭지 않았다. 둘은 야간 상담대학원에 다니기로 했다. 지영은 대학원 5학기 동안 자신의 마음을 돌아보는 것으로 충분하다고 했지만 경미는 공부를 지속하고 싶었다. 그러면서 둘은 함께 살 집을 짓기로 했다. 학부모 소개로 초등학교 근처에 있는 산 중턱의 땅을 마련했다. 서쪽으로 바다와 맞닿은 땅이었다. 땅 주인 바로 옆에 사는 게 좀 걸렸지만 주인 할머니와 아들 둘 다 순하고 따뜻했다.

6
그 괴로움에 가닿을 수 없어서

지영 씨,

제게 좋아한다는 고백을 해 주셨을 때 아무 대답을 하지 못해 너무 죄송합니다. 제가 대답을 하지 못한 것은 당신을 좋아하지 않아서가 아니라, 당신에 비해 너무 보잘것없는 사람이기 때문입니다.

며칠을 고민했습니다. 지영 씨가 지나온 그 힘든 시간의 고백을 들으며 제가 그 이야기를 들을 자격이 있는지 생각했습니다. 이야기를 듣는 동안 눈물이 나는 것을 억지로 참았습니다. 지영 씨의 아픔을 어루만져 줄 수 없는 저의 무력함에 마음이 아팠습니다. 용기를 내 이야기를 해 주셨는데, 저는 그저 듣기만 했다는 생각이 들어 집에 돌아와서는 너무 후회가 되었습니다. 그러면서도 터무니없게도 제가 지영 씨 이야기를 들을 자격을 갖게 된 것 같아 기분이 좋았습니다. 한심하지요? 이런 철부지가 진짜 좋으신 걸까요?

지영 씨도 이미 아시는 것처럼 저는 그야말로 촌놈입니다. 여기서 나고 자랐고, 전문대학에 다닌 2년을 빼고는 강화를 벗어나 본 적이 없습니다. 저는 군 생활도 강화에서 보충역으로 보냈습니다. 대학을 졸업하고 취업한 전자 회사가 김포에 있어서 집에서 출퇴근했습니다. 직장 생활도 한곳에서만 오래 해 세상 물정도 잘 모릅니다.

아버지는 꽁댕이배를 부려 번 돈으로 도박과 술에 빠져 살며 어머니와 저에게 폭력을 휘둘렀습니다. 저는 늘 제 안에 아버지의 폭력이 스며 있을까 봐 노심초사하며 살았습니다. 저는 너무 소심하고 내성적이라 고등학교 때까지 별명이 호모 새끼였습니다. 수치스럽고 모욕적인 그 별명을 부르지 말라는 말조차 하지 못하는 용기 없는 아이였습니다. 이런 제가 당신의 사랑을 받을 자격이 있을지 모르겠습니다.

그럼에도 고백하자면 지영 씨가 저희 집 옆에 집을 짓고 이사와 살기 시작한 지난 2년이 제 인생에서 가장 행복한 시간이었습니다. 어머니 수술비를 마련하려고 판 땅에 지영 씨와 경미 씨가 집을 짓고 이웃이 된 걸 생각하면 어떻게 저한테 이런 꿈같은 일이 벌어졌을까 생각하게 됩니다. 어쩌면 어머니가 돌아가시기 전에 제게 마지막 선물을 주신 것인지도 모르겠습니다. 이제와 말하지만 어머니도 지영 씨가 참 마음에 든다고 하셨습니다. 저한테 지영 씨에게 고백을 해 보라고 하셨습니다. 그런데 저는 지영 씨가 먼저 고백을 해 주실 때까지 말도 못 꺼냈네요.

저는 지영 씨와 이야기를 나눌 때마다, 함께 식사를 할 때마다 그 시간이 끝나지 않기를 마음속으로 간절히 기도합니다. 지난번에 지영 씨가 반 아이들에게 목공 수업을 해 달라고 청하셨을 때 하늘을 날 것 같았습니다. 태연한 척했지만 사흘 밤을 새워 수업 준비를 했습니다. 지영 씨에게 멋진 모습을 보여 주고 싶었습니다. 그런데 학생들 앞에서 말을 더듬고 얼굴이 빨개지고. 정말 지영 씨 얼굴을 다시 볼 수 없을 줄 알았습니다.

저는 정말 바보 같은 놈입니다. 지영 씨에게 제가 먼저 좋아한다고 고백하지 못한 것을 후회합니다. 그래서 감히 지영 씨에게 청혼을 하고 싶습니다.

저는 할아버지와 어머니가 열심히 일해 마련해 주신 임야와 논 열 마지기 그리고 이 집을 가지고 있습니다. 저는 앞으로 직장을 그만두고 집 뒤에다 오디나무를 심으려고 합니다. 처음에는 안정적이지 않겠지만 오랫동안 농부로 사는 게 꿈이었습니다. 지영 씨가 2년 동안 우리 집 주변의 나무와 꽃들을 가꾸며 마음의 안정을 찾으셨다니 앞으로도 저는 지영 씨가 좋아하는 꽃과 나무를 더 심을 계획입니다.

지영 씨가 겪은 일은 제게 아무런 상관이 없습니다. 언젠가 지영 씨 아들이 지영 씨를 찾는다면 기꺼이 아버지가 되겠습니다. 지영 씨 말대로 우리 사이에 아기가 없어도 전혀 상관없습니다. 제가 곁에서 지영 씨를 사랑하고 지켜 드리겠습니다. 외로울 일 없게 하겠습니다.

이 보잘것없는 김기환의 아내가 되어 주십시오.

2000년 봄, 지영 씨를 닮은 배꽃이 흐드러진 날
김기환 드림

지영은 기환의 청혼을 받고 너무 울어 다음 날 출근을 하지 못했다. 두 사람은 집 마당에서 둘만의 결혼식을 올렸다. 경미가 유일한 하객이었고 증인이었다. 그런데 아름답기만 할 줄 알았던 첫날밤, 지영은 온몸이 얼어붙었다. 사랑하는 사람 곁에서 지영이 지우고 싶었던 그날의 기억이 되살아났다.

"다 욕심이었어. 내 주제에 사랑이라니."

그때부터 다시 불안과 불면증이 시작되었다. 홀로 견뎌 내려 애쓰던 지영은 방학을 하자마자 기환과 경미의 권유로 트라우마 전문 치료 병원에 입원했다. 그러고 나서 지영은 생리를 두 번이나 거른 걸 깨달았다. 지영은 임신테스터기를 확인하고 경미에게 말없이 보여 주었다. 경미는 지영을 꼭 안아 주며 말했다.

"축하해."

그 말에 지영의 눈물샘이 터져 버렸다. 딱 한 번의 관계로 임신이 될 줄 몰랐다는 말에 의사가 물었다.

"그래서 두려우세요? 지영 씨는 임신 상태를 지속할 생각이 있으세요?"

지영이 고개를 끄덕이자 의사는 망설임 없이 축하 인사를 전했다.

"축하해요. 입원 전에 몇 번 드신 수면유도제는 크게 문제될 정도는 아닌 것 같고요. 병원에 입원에서 드신 약도 아직 큰 해가 될 건 없어요. 앞으로는 30주 동안 약물 치료 없이 일주일에 한 번씩 상담 치료만 하도록 합시다."

지영이 입원해 있는 사이 기환은 안방에 들였던 더블 침대를 싱글 침대 두 개로 바꾸었다. 3주 만에 퇴원한 지영에게 기환이 말했다.

"그냥 우리 이렇게 지내요. 지영 씨가 괜찮아질 때까지. 지영 씨와 한 방에서 같이 지내는 것만으로도 저는 좋아요."

지영의 임신 소식을 들은 동료 교사와 이웃들은 모두 축하해 주었다. 임신이 이렇게 기쁘고 축하받을 일이었다는 것이 지영을 오히려 슬프게 했다. 축하받지 못했던 첫 번째 그 아이가 자꾸만 떠올랐다.

"딸입니다."

간호사가 하얀 천으로 감싼 아기를 눈앞으로 내밀었다. 하룻밤이 지나자 젖이 돌았다. 간호사가 아기를 데려와 젖을 물릴 수 있게 해 주었다. 아기가 지영의 젖꼭지를 물자마자 힘차게 빨기 시작했다. 아기가 젖을 빨 때마다 아기와 자신이 하나로 연결되어 있다는 느낌이 강하게 전해졌다. 자궁 안에서 탯줄로 연결되어 있을 때보다 더 강한 일체감이었다. 오래전 로사 이모가 아기를 서둘러 떼어 보낸 이유를 알 것 같았다. 그래서 젖 한번 물리지 못하고 보낸 아이에 대한 죄책감이 점점 더 커졌다. 불면증이 심해졌다. 의사는 모유 수유를 중단하고 수면유도제를 먹자고 했다. 지영은 육아 휴직 3개월 동안만이라도 모유 수유를 하겠다고 고집을 피웠지만 잠을 제대로 자지 못하니 젖이 자꾸 줄었다. 기환은 감정이 널을 뛰는 지영을 도울 길이 없어 애가 탔다. 지영의 고통을 상상하려 애를 써도 그 괴로움에 가닿을 수 없었다.

기환은 초등학교 때부터 계집애 같다는 놀림을 받았고 중고등학생 때는 호모라는 별명을 달고 살았다. 믿고 의지할 친구가 없었다. 친구들한테 따돌림을 받아 혼자가 되었을 때 기환은 소설을 읽었다. 소설을 읽으면서 인간은 누구나 얼마쯤은 악한 면을 갖고 있고, 나약함을 감추기 위해 위악을 부리기도 한다는 것을 알게 되었다. 기환은 소설을 읽으며 타인을 이해하는 법을 배웠다. 소설을 읽다 보면 세상에는 행복한 사람보다 불행한 사람이 더 많았다. 그래서 기환은 외로운 자신의 삶을 견딜 만한 것이라고 위안할 수 있었다. 기환의 아버지는 사내새끼가 나가서 친구들과 놀지 않고 소설 나부랭이만 본다고 타박했지만 아버지가 모르는 것이 있었다. 책을 읽은 덕분에 기환이 자신을 이해하고 견뎠다는 것을. 그런데 지영과 같은 일을 겪은 여성을 다룬 소설은

찾기 힘들었다. 지영의 고통을 이해할 수 있는 책은 흔치 않았다. 그저 곁에 있어 주는 것 말고는 할 수 있는 게 없었다. 그래도 지영은 점차 안정을 찾아갔고 4개월 만에 복직을 했다. 출근을 하면서 지영은 생기를 되찾았다. 육아는 기환의 몫이 되었다. 가온이는 기환의 우주였다.

가온이가 초등학교에 입학할 무렵, 지영은 엄마가 뇌출혈로 쓰러졌다는 연락을 받았다. 엄마는 요양병원에서 정년퇴직한 뒤 한 수녀회에서 운영하는 피정의 집에서 청소 일을 하며 지내고 있었다. 갑자기 쓰러진 엄마는 중환자실에 있다가 한 달 만에 세상을 떠났다. 엄마가 남긴 유품은 옷가지와 몇 권의 책과 성서뿐이었다. 그리고 빛바랜 초록색 보스턴백이 하나 있었는데 가방 안에는 통장과 묵주 몇 개, 상본, 그동안 여러 사람과 주고받은 편지들이 있었다. 지영은 그 편지를 정리하다가 낯익은 글씨체의 편지 두 통을 발견했다.

안녕하세요?
아네스 자매님.
유디트 수녀에게서 편지를 늦게 전달받았습니다. 답장이 늦

109

어서 죄송합니다. 여전히 아이의 연락처를 알려 드릴 수는 없습니다. 그렇지만 아주 잘 살고 있다는 말씀은 드릴 수 있습니다.

얼마 전 중학교에 입학했다는군요. 건강하게 잘 자라고 있답니다. 아이는 지금 부모님을 친부모로 알고 있습니다. 아이의 행복을 지켜 주는 것이 자매님과 저의 역할이라고 생각합니다.

마리아가 그렇게 힘들어하고 있을 줄은 몰랐습니다. 그래도 마리아가 결혼을 하게 되었다니 다행입니다. 결혼해서 마리아만을 위해 살라고 지지하고 격려해 주세요.

저도 성모님께 마리아를 지켜 달라고 기도하겠습니다.

로사 올림

안녕하세요?

아네스 자매님.

제가 병원에 입원해 있었던 탓에 편지를 받고도 답장을 하지 못했습니다. 죄송합니다.

마리아가 아직도 그때 일로 괴로워한다니 저도 안타깝습니다. 여전히 아이의 연락처와 이름을 알려 드릴 수 없습니다. 아네스 자매님의 생각이 짧았던 게 아닙니다. 아이와 엄마를 위한 최선의 선택이었다고 저는 믿습니다. 그래도 마음 놓으시게 몇 가지만 말씀을 드리겠습니다.

아이가 미국으로 유학을 간다는군요. 14년 동안 아이를 위해 묵주기도를 빼놓지 않으셨다니 그 힘으로 그 가정이 행복한가 봅니다. 가족 모두 건강하고 화목합니다.

아네스 자매님,

마리아는 아주 선량하고 따뜻한 사람입니다. 너무 여리고 착해서 마음의 병이 쉬이 낫지 않는가 봅니다. 제가 마리아를 위해 기도하겠습니다. 마리아를 걱정하는 자매님의 마음은 충분히 이해가 갑니다. 언젠가 아이가 자신이 양자인 걸 알고 자신을 낳아 준 엄마를 찾고 싶어 한다면, 그때 아이가 스스로 엄마를 찾을 수 있도록 조처를 다 취해 놓았습니다. 부디 걱정을 내려놓으시길 바랍니다. 지금처럼 아이와 마리아를 위해 기도해 주세요.

로사 올림

삼우제가 끝나고 지영은 기환과 함께 강릉을 찾았다. 유디트 수녀는 강릉의 한 복지시설에 있었다. 예순이 다 된 유디트 수녀는 로사 이모가 이미 1년 전 세상을 떠났다고 했다.

"혹시 돌아가시기 전에 제 얘기 안 하셨어요? 제 아기, 어디로 입양 갔는지 말씀 안 하셨어요?"

"진짜 몰라요. 미국에 있다는 것밖에. 마리아와 어머니 심정을 이해하지 못하는 건 아니에요. 하지만 아이는 지금 부모가 친부모인 줄 알고 살아왔는데 갑자기 마리아가 엄마라고 나타나는 게 아이를 위해 좋은 일이 아니잖아요."

"찾겠다는 게 아니라, 아이가 잘 있는지만 알고 싶어요."

"잘 있다고 했어요. 그리고 아이가 자기가 입양아라는 걸 알고 엄마를 찾고 싶어 한다면 그때 찾을 수 있게 부모에게 말해 놨다고도 했고요."

"아이를 품에 안아 보지도 못하고 보낸 걸 평생 후회하며 살았어요. 아니 임신한 걸 알고도 제때 임신 중단을 하지 못한 것, 아기를 낳고 입양 보낸 것까지 내 의지는 어디에도 없었어요. 내가 선택하고 결정할 기회를 갖지 못했어요. 누구를 원망하지도 못하고 내내 자책하고 후회하며 살았어요. 여전히 이 모든 것이 내 탓인가요?"

"마리아, 누구를 원망하거나 탓할 수 없는 불가피한 일이었잖아요."

"뭐가 불가피한 일이었어요? 그 사람이 저를 성폭행한 것이요? 선배들이 그 사람 돕는 일을 내게 맡긴 것이요? 아무리 노력해도 그 일을 정당화할 수 없어요."

"그때 우리는 각자 최선을 다해 민주화 운동을 했어요. 그리고 불미스러운 일에 휘말린 마리아를 최선을 다해 도왔던 거고요."

"그게 고작 불미스러운 일이에요?"

"적당하지 않은 말이긴 하지만 그게 누구의 탓은 아닌 것 같아요. 마리아도 결혼도 하고 아이도 낳았잖아요. 이제 그 아이를 위해 살아요. 왜 스스로 피해의식에 휩싸여 살아요? 그때 우리는 모두 얼마쯤은 자신을 희생하며 살았어요. 많은 사람이 감옥에 가고, 고문을 당하고, 죽었어요. 그에 비하면 우리의 고통은 견딜 만한 것이 아니었을까요? 이제 그 과거에서 걸어 나와요. 그게 마리아를 위한 일이에요."

"성폭행이 어떻게 희생이고, 견딜 만한 고통이에요? 수녀님이 저와 같은 세월을 겪은 건 아니잖아요. 저는 수십 년 동안 매 순간 그 시간으로부터 벗어나려고 치열하게 싸웠어요. 제게는 그날이 과거가 아니라 항상 현재였어요."

유디트 수녀를 만나고 돌아온 뒤, 지영의 불면증과 불안증이 또다시 시작되었다. 기환은 밤을 새우다시피하고 출근하는 지영을 위해 묵묵히 밥상을 차렸다. 지영은 점점 쇠약해져 가는 몸으로 선생님으로, 엄마로 최선을 다하고 싶어 했지만 몸과 마음이 분리될 수 없었다. 지영은 학교에서 아이들에게 자꾸 짜증을 낸다며 자책했다. 그리고 학교에서 에너지를 다 쏟아 내고 집에 돌아와서는 저녁도 먹지 못하고 잠자리에 누웠고 그런 엄마를 지켜보는 가온이도 점점 우울해졌다. 기환은 지영에게 정신과 치료를 권했다.

다시 찾은 병원에서 지영은 새로운 의사를 만났다. 그 의사는 지영의 병을 명확하게 '성폭력 트라우마'라고 진단했다. 의사는 지영과 함께 1987년의 그날을, 그리고 이후의 세월을 되짚어 보며 지영을 위로하고 같이 아파했다. 지영은 비로소 자신의 고통에 정당한 이름을 갖게 되었다. 신경쇠약증, 불면증, 히스테리, 공황장애, 불안장애 등 온갖 부정적인 언어로 도배된 지난 시간에 정당한 이름을 갖게 된 느낌이었다. 정확한 병명이 나오자 치료에도 진전이 있었다.

지영이 안정을 찾은 뒤, 가온이와 놀이공원에 간 날이었다. 하필 그곳에서 M과 마주쳤다. 그가 저명한 인권운동가로 활동하며 지방 대학의 전임강사로 있다는 것은 알고 있었다. M은 아내와 중, 고등학생으로 보이는 딸들과 함께였다. M은 아무 일이 없었던 것처럼 인사를 해 왔다. 심지어 가온이를 보며 딸이 엄마를 꼭 닮아 예쁘다는 말까지 했다. 그의 아내와 아이들은 밝고 건강해 보였다.

지영은 다시 나락으로 떨어지는 느낌이 들었다. 지영이 M과 만난 이야기를 하자 경미는 더는 참지 말고 M의 성폭력을 고발해야 한다고 말했다. 그러나 이미 공소시효가 다 지난 일이었다. 지영은 무엇보다 다시 시작될 그 고통의 시간을 견뎌 낼 자신이 없었다. 그래서 어떻게든 일상을 다시 놓치지 않기 위해 학교 일에 더 적극적으로 나서고, 가온이에게도 좋은 엄마가 되기 위해 애를 썼다. 그러나 몸이 마음을 버텨 내지 못했다. 앞으로 자신의 고통을 지켜봐야 할 기환과 경미, 그리고 가온이에게 더는 짐이 되고 싶지 않았다. 사랑하는 사람들을 위해 할 수 있는 일은 그들 곁에서 자신이 사라지는 일뿐이라고 여겼다. 선택은 죽음이었다. 가온이가 중학교에 들어가던 해 봄이었다.

7
흉터 또한 나의 한 부분

2014년 5월 17일

엄마가 한 달 만에 집에 왔다. 그동안 살이 좀 쪘고 하얗던 얼굴도 좀 까무잡잡해져서 건강해 보였다. 폐쇄 병동에 있다가 일반 병실로 옮긴 뒤에는 날마다 운동을 했다고 한다. 밥도 잘 먹고 잠도 잘 잔다니 다행이다.

오랜만에 네 식구가 다 모여 경미 이모가 준비한 만찬을 먹었다. 경미 이모는 엄마가 좋아하는 음식으로만 골라 준비했다. 버섯잡채, 대구탕, 계란말이, 김치볶음, 오징어볶음, 묵무침까지 식탁 위가 화려했다. 엄마는 많이 먹지는 않았지만 골고루 맛있게 먹었다.

병가가 일주일 더 남았다고 그동안 가온이 엄마로만 살겠다고 했다. 엄마도 나한테 미안하긴 한가 보다. 어떤 일이 엄마의 마음을 그렇게 오래오래 아프게 하는 건지 모르겠다. 어떤 비밀 같은 게 있는 것 같다. 아무리 그렇더라도 엄마가 나를 두고 죽으려고 했던 건 아직도 용서가 안 된다.

엄마는 내가 괜찮은 척하면 진짜 괜찮은 줄 안다. 나한테 신경 쓰는 걸 보면 날 사랑하는 건 맞다. 그렇지만 내가 엄마 때문에 얼마나 슬픈지는 모르는 것 같다. 어른들은 어떨 때 보면 아주 이기적이고 무디다. 날 사랑한다고 입버릇처럼 말하지만 내가 바라는 게 뭔지, 무엇 때문에 힘든지 진짜 모른다. 엄마가 그렇게 아프면 내 마음도 아플 거라는 걸 모른다.

아빠의 눈길은 오로지 엄마에게만 가 있다. 엄마가 가온이 엄마로만 살겠다고 하는데, 아빠는 안 된단다. 오로지 지영 씨만 생각하란다. 지영 씨, 지영 씨. 아빠가 엄마를 부를 때마다 짜증난다.

가온이는 초등학교 때 일기가 두 개였다. 학교에 내는 일기장과 속마음을 솔직히 적는 비밀 일기장. 학교에 내는 일기장에는 선생님이나 엄마가 알아줬으면 하는 마음을 일부러 드러냈다. 비밀 일기장에는 엄마한테 느끼는 속상한 마음, 배신감, 은근히 관심이 가는 남자애들 얘기 같은 걸 적었다. 중학생이 돼서는 학교에 내지 않아도 되니 굳이 일기장을 두 개나 둘 필요가 없었다. 가온이는 가끔 상자에 담긴 일기장을 꺼내 보며 혼자 키득거리거나 훌쩍인다. 어느 과거든 꺼내 보기 두렵거나 지우고 싶은 기억은 없다. 엄마가 자살을 시도했던 그때를 빼고는.

지영이 퇴원하고 가족들이 지영을 반갑게 맞이하는 과정이 5년 전과 다름없이 되풀이되었다. 경미는 지영을 위해 음식을 준비하고, 기환은 보리수나무 아래에다 해먹을 만들었다. 지영은 꽃이 아직 다 지지 않아 다행이라며 기뻐했다. 가온이네 집 둘레에는 매화나무, 벚나무, 배나무, 사과나무, 복숭아나무, 자두나무, 앵두나무, 감나무가 있다. 그 나무들은 기환이 순전히 지영을 위해 심은 것이다. 열매를 얻는 기쁨도 적지는 않지만 지영이 좋아하는 것은 열매가 아닌 꽃이다. 가온이도 봄을 가장 좋아한다. 4월부터 5월까지 마을 어귀 버스 정류장에서 가온이네 집 쪽을 올려다보면 꽃이 구름처럼 뭉게뭉게 피어 있다. 그런데 올봄에는 그 꽃이 언제

피었다 졌는지 모르고 지나갔다.

"그래도 보리수꽃은 보게 돼서 진짜 다행이다."

저녁을 먹고 지영은 가온이에게 산책을 가자고 했다. 언덕을 내려오는데 바람결에 인동꽃 향기가 실려 왔다. 가온이는 여름이 오고 있다고 생각했다. 마을을 지나 바닷가로 나가는 농로에서 개구리들이 힘차게 울었다.

"비가 오려나 보다."

"그러게. 바람도 뜨뜻미지근하다."

지영과 가온이는 농로를 지나 해안 도로로 접어들었다.

"자전거를 탈 걸 그랬나?"

"아니. 걷는 게 좋아. 그래야 엄마랑 얘기하면서 가지."

가온이는 해안가를 걸으며 결이와 미래 이야기를 재잘거렸다. 지영은 쉬지 않고 수다를 떠는 가온이 손을 놓지 않았다. 그동안 듣지 못했던 가온이의 시간들이 더없이 소중하게 느껴졌다. 20분쯤 걷다가 지영은 언덕 위에 있는 하얀 건물 하나를 발견했다.

"가온아, 저기 카페 새로 생겼네. 가 볼까?"

"좋아."

카페로 오르는 언덕 아래에는 다 쓰러져 가는 빈집이 있었다. 마당에는 낡은 어구들이 어지럽게 쌓여 있고 길고양이 두 마리가 빛바랜 천막 아래에서 숨바꼭질을 했다. 포구와 근처 펜션에서 먹을 것을 얻어먹어서인지 제법 살이 통통했다. 가온이가 주머니에 있던 치즈소시지를 길고양이에게 던져 주며 지켜보다 언덕을 올랐다. 가파른 오르막길을 따라 청동으로 만든 가로등이 이어졌다. 지영은 오래전 경미와 갔던 바르셀로나 레이알 광장의 가로등이 떠올랐다.

"어, 이거 가우디가 만든 가로등을 흉내 낸 것 같은데?"

"가우디? 스페인 건축가?"

"응."

언덕 위에는 스페인 안달루시아 지방의 집과 비슷한 흰색 건물이 서 있었다. 입구에는 '카페 노을'이라는 나무 팻말이 놓여 있었다. 특별한 장식이 없는 건물이지만 창과 창 사이 좁은 벽마다 호안 미로의 모빌을 떠올리게 하는 철제 조형물이 매달려 있었다.

"여기 주인이 스페인하고 인연이 있나 보다. 그림들도 다 스페인 작가들 그림인 것 같아. 저 그림은 피카소 거잖아."

가온이는 정사각형 액자를 보았다. 바다가 보이는 창문 주변으로 흰 비둘기가 있는 그림이 걸려 있었다.

"저 그림 엄마가 좋아하는 거야."

"그래? 결이 언니도 그림을 좋아했대. 스페인은 미술관이 저녁 때 공짜라며? 결이도 중2 때 언니한테 가서 저녁마다 미술관 갔었대."

"그렇구나. 엄마도 스페인 여행 갔을 때 미술관 들어가려고 줄 서서 기다렸던 거 기억난다."

지영은 메뉴판을 보고 반갑게 말했다.

"어머, 여기 추로스가 있네."

"네, 저희가 직접 만들어요. 스페인에 갔다 오셨나 봐요?"

카페 주인으로 보이는 젊은 여자가 지영의 말에 반가워했다.

"네, 오래됐지만요. 혹시 사장님은 스페인하고 무슨 인연이?"

"아, 어릴 때 스페인에서 살았어요."

와인색 블라우스에 검정색 바지를 입은 주인에게서 세련된 분위기가 느껴졌다. 지영은 추로스와 초콜릿 음료에 가온이가 좋아하는 자몽에이드도 같이 주문했다. 카페 아래 작은 포구와 그 너머 석모도까지 풍경이 한눈에 들어왔다.

지영이 바다를 내려다보며 말했다.

"새우젓 배들이네. 너희 할아버지가 저 배를 부리셨어. 꽁댕이배."

"들었어."

"아직 육젓용 새우 잡을 철은 안 됐을 텐데⋯⋯. 여기 진짜 풍경 좋다. 아빠랑 와야겠다."

가온이는 추로스를 초콜릿에 찍어 먹으며 행복해하는 지영을 보며 물었다.

"엄마는 좋은 게 생기면 아빠부터 떠올라?"

"응. 왜 샘나?"

"아니, 하도 단련이 돼서 경미 이모랑 나는 상관없어. 근데 참 신기하기는 해. 어떻게 20년 동안 그렇게 한결같이 좋아?"

"너희 아빠를 어떻게 한결같이 사랑하지 않을 수 있겠어. 나 같은 아내를 지켜 줬는데."

"엄마가 어때서?"

"몰라서 물어?"

"엄마가 자주 아팠다고 해서 뭐가 부족하거나 매력이 없는 사람은 아니지."

"정말 그렇게 생각해?"

"응. 그렇지만 나는 엄마한테 섭섭한 게 많긴 하지."

"알아."

"그래서 오늘 나한테 데이트 신청한 거야?"

"응."

　지영은 숨을 고르고 나서 천천히 이야기를 시작했다. 성폭력, 강간 따위의 말을 직접 입에 담지 않았다. 그런 말을 해야 할 부분에서는 한숨을 쉬거나 침을 삼켰다. 가온이는 지영이 하지 못하는 말들 속에서 고통을 가늠할 수 있었다. 지영이 말하는 그날의 날씨, 공기, 여인숙의 벽지, 거미줄, 아귀가 맞지 않던 여인숙 미닫이문, 그리고 핏빛 장미 무늬 벽지와 둥근 가죽 침대의 끈적거리던 감촉과 창밖에서 들리던 소리가 그대로 느껴지며 가온이도 그날 그 자리로 끌려 들어가는 것 같았다. 마치 VR영화처럼 눈앞에서 지금 벌어지고 있는 일들을 바라보고 있는 것 같은 착각이 들었다. 손을 뻗으면 M의 목덜미를 잡아챌 수 있을 것 같았다. 침대 위에서 떨고 있는 지영의 손을 잡고 모텔 방을 뛰쳐나갈 수 있을 것 같았다. 가온이는 지영이 이야기를 마치자 손을 잡았다.

"엄마, 손이 왜 이렇게 축축해? 힘들었어?"

"아니. 너한테 말하고 나니까 더 차분해졌어."

가온이는 지영을 힘껏 안았다. 가온이는 자신이 엄마를 품에 안고도 남을 만큼 자랐다는 것을 새삼 느꼈다. 가온이는 소리 없이 우는 지영의 등을 토닥였다.

"엄마, 미안해."

지영이 눈물을 훔치며 말했다.

"네가 뭐가 미안해."

"엄마가 이렇게까지 힘들었을지 상상도 못 하고 엄마를 원망했어. 엄마가 날 보지 않는다고, 날 사랑하지 않는다고."

"미안해."

"엄마 탓이 아니잖아. 안 그래도 돼."

"계속 나약해 빠진 내 탓을 하게 되는 거야. 내가 힘든 건 견디면 되는데, 나 때문에 힘들어하는 너랑 너희 아빠, 경미를 보는 게 너무 힘들었어. 나만 없으면 나머지 가족은 평화롭게 살지 않을까 하는 생각이 들었어."

"그래서 그때 죽으려고 했던 거야?"

"응."

가온이는 더는 북받치는 울음을 참을 수 없었다. 카페 밖으로 뛰쳐나와 포구가 내려다보이는 난간에 섰다. 엄마한테 미안한 마음이 휘몰아쳤다. 지영이 따라 나와 가온이 어깨에 손을 얹었다.

"이제 어깨동무도 못 하겠다. 가온이가 나보다 훨씬 더 커서."

"나는 엄마가 얼마나 힘들었는지는 생각 못 하고 그냥 나를 두고 죽으려 한 게 너무 미웠어. 엄마가 죽고 나서 남은 사람들은 어떨지 생각도 안 한다고 원망했어. 아무리 힘들어도 나를 위해 참아야 한다고 생각했어. 나한테는 엄마가 너무 소중한데 엄마한테 나는 그렇지 않은 것 같아서 속상하고 슬펐어."

"당연하지. 나 같아도 그랬을 거야. 엄마는 우리 가온이가 너무 빨리 철이 든 게 늘 속상했어. 나 때문에 가온이가 애 늙은이 소리를 듣는 것 같아서."

지영은 흐느끼는 가온이 어깨를 토닥였다. 가온이는 울음을 그친 뒤 엄마를 눈살피다가 물었다.

"이번엔 왜 입원했던 거야? 그때 퇴원한 뒤로 한참 동안 괜찮았잖아."

"그냥 견딜 만했던 거지. 얼마 전 제자 부고를 받았어. 전문대 졸업하고 직장에 다니고 있었거든. 그런데 거기서 성폭력을 당했나 봐. 1년 넘게 싸웠지만 가해자 처벌은커녕 제자만 퇴직을 강요당했대. 그래서 결국…… 끔찍했어. 어쩌면 이렇게도 변하지 않는 건지. 제대로 맞서지 못한 우리 세대 탓 같아서 자책하게 되고. 다시 불안이랑 불면증이 시작됐어. 그래서 병원에 간 거야. 병이 깊어지기 전에 치료하려고."

"되게 힘들었겠다."

"응."

"그렇지만 그건 엄마 책임 아니야."

"알아. 그래서 피하지 않고 마주 보려고. 예전에 내게 일어난 일들을 없었던 것처럼 지우는 대신 그대로 받아들이려고. 그전에는 내가 약을 잘 먹고 상담 잘 받아서 꼭 예전의 나로 돌아가겠다고 생각했어. 사랑하는 내 딸에게, 남편에게, 내가 원래 이런 사람이 아니라고, 이렇게 나약한 정신병자가 아니었다고 보여 주고 싶었어. 그때 일은 완벽하게 잊고 완전히 새로 태어나야만 한다고 생각해서 나를 더 괴롭혔어. 그렇지만 그 일이 있기 전 나로 돌아가는 게 불가능한 일이잖아. 과거로 돌아가 그때 일을 없었던 일로 바꾸는 게 불가능한 것처럼. 누구나 예전의 나로 돌아갈 수 없는 거잖

아. 그때가 행복했든, 불행했든. 과거로 돌아가 그때의 내가 되는 것은 불가능한 일인데 계속 불가능한 일에 매달리며 살았다는 생각이 들었어. 그러면서 어느새 중늙은이가 된 나랑 네 아빠가 보이더라. 주름이 지고 흰머리가 나기 시작한 김기환이 여전히 사랑스러운 존재인 것처럼 흉터투성이 지금의 최지영도 사랑받을 자격이 있는 존재라는 생각이 들었어. 내 몸과 마음에 새겨진 흉터는 도려낼 수는 없으니 이 흉터 또한 나의 한 부분이라고 인정하자. 그 흉터를 쓰다듬어 주자. 그렇게 정리가 됐어. 흉터가 있어도 흠이 있어도 살아가는 데 지장이 없잖아."

"멋지다, 엄마. 내가 보기엔 엄마 이제 다 괜찮아진 거 같은데?"

"아니야. 이러다 또 뒷걸음질 치거나 갑자기 다시 공포에 휩싸여 얼어붙을 수도 있어. 그렇지만 분명한 건 다시 앞으로 나아갈 거라는 거야."

"응, 엄마가 또 얼어붙어서 꼼짝 안 하면 내가 얼음땡을 외칠게."

"그거 좋은 생각이다."

"내가 고1 때부터 미투가 시작됐거든. 학교에서 애들이랑 그런 말 많이 했어. 너무 무섭다고. 너무 흔한 일이라는 게 믿어지지 않는다고. 우리 반에는 여대를 가겠다는 애들이 많아. 그런데 미래네 교회 남자애들은 페미들이 여기저기서 날뛴다고 말세가 왔다고 그런대. 평범한 남자들까지 잠재적 성범죄자로 보는 게 억울하다고. 그런 걸 보면 우리들은 또 정말 답이 없다고 체념하게 되고. 문제는 해결되지 않고 서로 오해만 쌓이는 거 같아."

"맞아. 이 문제로 긴 시간을 싸우고 나서 보니까 성범죄는 한 사람의 도덕성 문제만이 아니라는 생각이 들어. 나한테 그렇게 한 그 사람도 자기가 하는 행동이 타인에게 어떤 고통을 주는지 상상하지 못했겠지. 그 정도는 용납이 되는 일이라고 생각했을 거야. 실제 그랬어. 성인지 감수성을 키울 기회가 없던 시대였지. 처음엔 그런 행동을 용납하고 변명해준 사람들에 대한 분노가 컸어. 내 자신에 대한 분노가 가장 컸지. 그런데 시간이 지나면서 그 시대를 살던 우리 모두가 무지했다는 생각이 들었어. 그제야 나를 용서하고 쓰다듬어줄 수 있게 됐고. 중요한 건 다시는 그런 일이 되풀이돼서는 안 된다는 거지. 그래서 나와 같은 고통을 겪은 사람들을 돕고 싶다는 생각을 하게 됐어."

"어떻게?"

"아직은 잘 모르지만 경미랑 같이 계획하는 게 있어. 좀 더 구체적이 되면 너한테도 말해 줄게."

"알았어. 내가 할 일도 있으면 언제든 말해."

"당연하지."

지영이 가온이를 흐뭇하게 바라보며 어깨동무를 했다. 가온이도 제 팔을 엄마 어깨에 올리며 서쪽 하늘을 바라보았다. 어느새 해가 섬 뒤로 숨었다. 붉은빛이 하늘로 번져 올라가며 주변을 황금빛으로 물들였다.

"진짜 해가 길어졌다. 7시가 넘었는데 이제야 해가 지네."

"난 그래서 여름이 좋아. 밤보다 낮이 길잖아."

"나도."

가온이는 엄마 손을 잡았다.

"엄마, 입양 보낸 그 아이, 그 사람은 안 찾을 거야?"

"찾을 길이 없어. 그래도 소식이 없으면 잘 사는 거겠지. 언젠가 자기가 입양된 걸 알면 찾으러 올 수 있게 해 놓았다니까. 그때가 와서 볼 수 있다면, 그런 기적 같은 일이 일어난다면 좋겠어."

"보고 싶어?"

"보고 싶지. 한번쯤 멀리서라도. 오랫동안 임신 중단을 하지 않은 것을 후회하고, 또 그렇게 낳아 입양 보낸 걸 후회하며 살았어. 무엇이든 내 선택이었다면 덜 후회스러웠을까? 그 아이는 어떨까? 무의식 속에 엄마에게 버려진 기억이 남아 있지는 않을까? 아니 배 속에 있을 때부터 자신을 원하지 않는 엄마 마음이 전해지진 않았을까? 태어나자마자 익숙했던 엄마의 심장박동 소리가 그친 걸 느끼며 회복 못 할 상처가 남은 건 아닐까? 그래서 다 후회스럽고, 그러다가 또 참을 수 없을 만큼 그리워지는 거야."

"어떻게 참았어. 그러니 엄마가 아프지. 엄마 이제부터 그 사람이 그리우면 나랑 얘기해. 참지 말고."

지영이 가온이를 올려다보았다. 그러자 가온이가 걸음을 멈추고 까치발을 했다.

"내가 165니까 이렇게 까치발을 하면 175 정도는 되겠지? 엄마 눈 감아 봐."

"왜?"

"이제부터 내가 하는 말이 그 사람이 하는 말이라고 생각해 봐."

가온이가 말했다.

"어머니, 태어나게 해 주셔서 감사합니다. 열 달 동안 그 고통스러운 시간들을 견뎌 내 주셔서 감사합니다. 그리고 나의 길을 갈 기회를 주셔서 감사합니다. 어머니 덕분에 나는 나로 잘 살고 있습니다. 어머니는 이제 어머니의 삶을 살아가세요."

지영의 눈에서 눈물이 흘러내렸다. 가온이는 지영을 꼭 안았다.

"엄마, 그 사람이 엄마를 만나면 이렇게 말할 거야. 분명히."

가온이는 울음을 그치지 못하는 엄마를 안고 보랏빛으로 변해 가는 서쪽 하늘의 초승달을 바라보았다. 그러면서 엉뚱하게도 주말에 결이와 이 카페에 와야겠다고 생각했다.

8
사라지지 말아요

2015년 8월 7일

언니랑 단둘이 몬세라트에 다녀왔다. 엄마와 숨이는 힘들다고 해서 지원 언니가 바르셀로나 호텔로 데려갔다. 그라나다에서 야간 열차를 타고 아침에 바르셀로나 역에 도착한 뒤, 몬세라트행 전철을 탔다. 몬세라트는 뾰족뾰족한 바위가 있는 산이다. 원래 몬세라트가 톱니 모양의 산을 뜻하는 말이라고 한다.

몬세라트 성당에서 가장 유명한 건 검은 성모상이다. 사람들이 성모상을 만지려고 줄을 서서 기다렸다. 언니가 나더러 소원을 생각하며 성모상을 만지라고 했다. 그런데 별로 떠오르는 게 없어 언니를 위해 기도했다. 언니는 나한테 하나뿐인데 오랫동안 떨어져서 좀 서먹서먹했다. 그런데 여기 와서 열흘 동안 같이 있으니까 원래 계속 같이 살았던 것처럼 편해졌다. 얼마 안 있으면 다시 헤어질 거라는 생각을 하니까 언니랑 있는 순간순간이 아깝다.

언니가 새벽에 깨워서 4시 반에 나갔다. 바르셀로나 쪽에서 별 하나가 반짝였지만 금방 사라졌다. 언니랑 조심스럽게 성당에 들어갔더니 갈색 옷을 입은 수도사 수십 명이 성가를 부르고 있었다. 아직 미사는 시작하지 않아서 살금살금 조심스럽게 언니를 따라 걸었다.

"언니, 성당 다녀?"

"아니. 난 아무 데도 안 다녀. 난 그냥 예수의 사랑을 믿어."

나는 무릎을 꿇고 기도하는 언니를 내려다보았다. 아주 느린 랩 같기도 하고, 웅얼웅얼 기도하는 소리 같기도 한 그레고리안 성가는 마음을 차분하게 해 주었다. 그래서 그런지 기도하는 언니 모습이 성모상보다 더 성모님처럼 보였다.

미사가 끝나고도 언니는 한참 동안 꼼짝하지 않고 기도했다. 언니를 따라 가만히 앉아 있다가 마당으로 나왔더니 어느새 햇빛이 쨍쨍했다.

언니는 참 매력적이다. 기타랑 피아노도 잘 치고, 아는 것도 많고. 말투도 다정하다. 집에서 영상통화 할 때는 말투도 딱딱하고 말도 되게 짧게 했는데 여기 와서 보니까 언니는 재미있는 말도 많이 하고, 잘 웃는다. 개학하고 학교에 가면 친구들한테 언니 자랑을 하고 싶다.

언니랑 다시 전철을 타고 바르셀로나로 오면서 말했다. 공부 열심히 해서 언니가 있는 곳으로 유학을 올 거라고. 언니가 꼭 그랬으면 좋겠다고 했다. 나한테 언니가 있어서 진짜진짜 좋다.

결이는 가온이를 따라 버스 정류장에서 내려 주위를 두리번거렸다. 작은 포구가 어딘지 낯익었다. 푸른 하늘 때문인지 바다가 옥색으로 보였다. 바람까지 없어서 바닷물이 거울처럼 잔잔해 석모도와 해명산 위로 뜬 은빛 해가 그대로 비쳐 보였다.

"오늘은 갈산항 앞바다가 남해 바다처럼 보인다."

가온이가 바다를 보며 들뜬 목소리로 말했다. 잔잔한 물결이 갯벌 위로 올라왔다 빠져나갈 때마다 갈매기들이 종종걸음을 치며 파도를 따라갔다 다시 올라오기를 되풀이했다. 포구 옆 수로 근처를 어슬렁거리는 왜가리들은 느릿느릿 여유로워 보였다.

"경미 이모네 테라스에서 보는 거랑 또 다르다."

"그지? 난 사람들이 카페 안에서만 풍경을 보는 게 가끔 이상해. 직접 나와서 걸어 다니고, 바닷바람을 맞아 보고 냄새도 맡아 보고 그래야 좋은 거지."

"안 그런 사람도 있어. 나도 그냥 바라보는 게 좋아."

결이는 가온이를 따라 길을 건너 카페로 올라가는 길에 접어들자 얼굴이 굳었다. 가온이는 결이 표정이 바뀐 걸 알고 조심스럽게 물었다.

"왜? 여기 알아?"

결이가 주위를 두리번거렸다.

"나, 여기 와 본 것 같아."

"언제?"

결이는 대답을 하는 대신 가온이를 앞질러 가파른 오르막을 올랐다. 그리고 멀리 산마루의 전나무들을 보자마자 눈물을 글썽였다.

"가온아, 여기 우리 언니 유골 뿌린 데야. 여기 작년 가을까지 그냥 야산이었는데?"

결이는 문득 언덕 위에 있는 하얀 카페 건물이 그라나다에서 보던 회벽 집들을 닮았다고 느꼈다. 카페 안에는 하늘이 언니가 좋아하던 피카소와 호아킨 소로야의 그림이 걸려 있었다. 당혹감에 어쩔 줄 모르고 주위를 두리번거리는데 낯익은 목소리가 결이를 불렀다. 결이는 카페 카운터에 서 있는 지원을 발견하고 소스라치게 놀랐다.

"이결, 네가 왜 여기에?"

"언니야말로 왜 여기 있어요?"

지원은 카운터에서 나와 결이를 안았다.

"여기 언니 카페예요?"

"응. 일단 우리 집으로 가자."

지원이 결이를 데리고 간 곳은 카페 위에 있는 컨테이너였다. 가온이도 쭈뼛거리며 결이를 따라 들어갔다. 짙은 청색 페인트로 칠한 컨테이너 안에는 작은 주방과 식탁, 소파와 침대가 있었다. 그리고 예전에 그라나다에서 보았던 지원의 그림이 걸려 있었다. 지원과 하늘이 알함브라 궁전과 시에라 네바다 설산을 배경으로 어깨동무를 하고 있는 장면이었다.

"결이 너 어떻게 여길 왔어?"

"친구가 예쁜 카페 새로 생겼다고 해서. 언니는 어떻게 된 거예요?"

지원은 대답 대신 한참 동안 눈물이 그렁그렁한 눈으로

결이를 바라보다가 결이 뺨을 쓰다듬었다. 가온이는 둘의 재회를 방해하는 것 같아 밖으로 나가고 싶었지만 두 사람이 하필 문 앞에 앉아 있어 어쩔 수 없이 침대 끝에 걸터앉아 책꽂이의 책을 하나씩 꺼내 보았다. 모두 스페인어로 된 책이라 읽을 수도 없었다.

"카페 열면 너한테 연락하려고 했는데. 사실 이렇게 빨리 카페를 시작할 줄은 몰랐어. 근데 일이 되려니까 이렇게 되더라."

"연락하지 그랬어요. 나 강화에 있는 거 알잖아요."

결이는 서운한 내색을 감추지 못했다.

"너 곤란하게 할까 봐. 괜히……."

결이는 지원이 연락하지 않은 이유를 알 것도 같았다.

"카페 어때?"

"얼핏 봤지만 좋아요."

"하늘이랑 나중에 나이 들면 알함브라 궁전이 보이는 알바이신 언덕이나 지중해가 보이는 바르셀로나 어디쯤에다 카페를 차리자고 했었거든."

"우리 언니 때문에 카페 연 거예요?"

"꼭 그런 건 아니야. 동생이 요리학교 졸업하고 나서 한국에서 추로스 카페를 해 보고 싶어 했어. 서울은 임대료가 너무 비싸서……. 그때 외할아버지가 쓸데없는 땅이라고 했던 이곳이 떠올랐어. 하늘이가 잠든 여기가."

"동생이랑 둘이 해요?"

"응. 알바도 있고. 겨울에 엄마도 오실 거야."

컨테이너 앞에 있는 주차장으로 계속 차들이 들어왔다. 지원이 일어나며 말했다.

"아무래도 안 되겠다. 손님이 많을 때라. 여기 좀 있다가 내려와. 내가 추로스 해 놓을게. 얘기는 이따 하자."

가온이는 지원이 나가자마자 결이에게 물었다.

"혹시 저 언니, 네가 말했던 사람 아니야? 너희 언니 애인."

"맞아."

"너희 언니 유골을 뿌린 데가 우리 집에서 이렇게 가까운데, 여태 몰랐어?"

"그때 지원 언니 차 타고 와서 어디가 어딘지 잘 몰랐거든."

"근데 저 언니 참 멋지다."

"응. 우리 언니가 좋아할 만한 사람이지. 지원 언니 원래 스페인에서 건축 전공하려고 했었어. 언니랑 사귀는 게 알려져서 대학을 한국으로 왔어."

"그랬구나."

결이가 갑자기 가방을 뒤적이더니 옥빛 도자기가 달린 목걸이를 꺼냈다. 도자기는 돌고래 모양이었다.

"그거 뭐야?"

"언니 유골이 담긴 목걸이. 지원 언니가 그때 만들어 주고 간 거야."

목걸이를 내려다보는 결이 코끝이 빨개졌다. 결이는 고개를 들어 한동안 바다만 바라보았다. 가온이도 결이를 따라 바다를 보았다. 오후의 햇살을 받은 해수면이 반짝였다. 나른한 햇살이 탁자에 와 누웠다. 결이 손에 있는 돌고래와 바다 빛깔이 같았다. 한참 만에 결이가 입을 열었다.

"유골을 뿌린 시간이 노을이 질 때였어. 언니가 예전부터 그랬대. 자기는 노을이 보이는 곳에 잠들고 싶다고. 그래서 지원 언니가 여기다 뿌린 거야. 여기는 개발될 일 없다고 그랬거든. 외할아버지 땅인데 돌산이어서 별로 쓸모가 없다고. 그때 저기 꼭대기에서 유골 상자를 열었는데 바람이 불어서 가루가 좀 날렸어. 그러니까 어디선가 까마귀들이 날

139

아오는 거야. 깍깍거리면서 우리 위를 맴돌았어. 나랑 지원 언니가 가루를 한 줌씩 집어 허공에 뿌리니까 더 많은 까마귀들이 날아오는 거야. 마치 쓸쓸한 장례식에 함께해 주려는 것처럼. 그날은 하늘이 진짜 엄청 붉고 저기 포구랑 배 주변은 금빛이었고 우리 머리 위에는 또 하얀 달이 떠 있었어. 그 순간이 되게 신비롭게 느껴졌어. 장엄하다는 말을 이럴 때 쓰는 거구나 하는 생각이 들더라. 그 장례식마저 없었으면 난 언니의 죽음을 아직도 믿지 못했을 거야."

가온이는 결이 어깨를 안고 토닥였다. 결이는 다시 울컥했지만 애써 울음을 삼켰다.

"카페로 가자. 나 추로스 먹어 보고 싶어. 우리 언니가 엄청 좋아하던 거거든."

"그래."

어느새 카페는 테라스까지 손님으로 꽉 차 있었다. 결이와 가온이가 내려가자 지원이 추로스와 초콜릿을 가져왔다.

"아직은 햇볕이 좀 따갑겠지만 곧 질 거야. 이거 먹고 있어."

결이는 추로스를 초콜릿에 찍어 입에 넣었다. 달콤함이 입에 퍼지기도 전에 목이 메었다. 스페인을 여행하는 내내 아침은 추로스 카페에서 먹었다. 하늘이는 동네 주민들이 주로 가는 추로스 카페를 잘 찾아냈다. 동네 주민들은 편한 옷차림으로 카페에 와 신문이나 잡지를 보거나 이야기를 나누며 추로스를 먹었다. 추로스의 고소하고 달콤한 맛이 하늘이를 탁자 앞으로 데려와 앉혔다. 결이는 하늘이에게 투정을 부리며 따져 묻고 싶었다. 스페인으로 유학 오면 아침마다 같이 추로스를 먹으며 하루를 시작하자고 했던 약속을 왜 어겼는지, 왜 그렇게 갑자기 떠나 버렸는지…….

"결아, 울고 싶으면 울어. 넌 왜 항상 참기만 해."

가온이 말에 결이 눈물샘이 터져 버렸다. 결이는 그동안 하늘이와 얽힌 추억이 떠오를 때마다 황급하게 안으로 밀어 넣었다. 그 기억이 아무 데서나 튀어나오지 못하도록 꾹꾹 눌러 납작하게 만들었지만 어느 순간 갑자기 튀어 올라 결이를 당황스럽게 했다.

며칠 전, 텔레비전 음악 프로그램에서 〈한숨〉이란 노래가 나왔다. 하늘이가 좋아하던 노래였다. 결이는 아무도 눈치채지 못하게 눈물을 닦아 냈다. 어제는 학교에서 집으로 오는 버스 안에서 귀에 익숙한 멜로디가 흘러나왔다.

'무엇이 그댈 아프게 하고 무엇이 그댈 괴롭게 해서 아름

다운 마음이 캄캄한 어둠이 되어 앞을 가리게 해······.'

디어 클라우드의 노래 〈사라지지 말아요〉였다. 결이는 그 노래를 듣다가 정류장을 지나쳐 화도 터미널까지 가고 말았다. 하늘이가 죽고 나서는 절대 찾아 듣지 않던 노래였다.

결이는 버스에서 내리자마자 텅 빈 터미널 한가운데 주저앉아 엉엉 소리 내서 울고 말았다. 슈퍼 아줌마가 놀라서 뛰어나오는 바람에 얼른 자리를 피했다. 하늘이가 기타를 치며 자주 불렀던 노래였다. 죽기 며칠 전에도 그 노래를 불러주었다. 와인을 마셨다고 하는 하늘이는 눈이 조금 풀려 있었다. 하늘이가 너무 피곤해 보여 통화를 짧게 하자고 했지만 갑자기 노래를 들려주고 싶다며 기타를 들었다. 하늘이가 떠난 뒤 결이는 핸드폰에 녹음된 그 노래를 다시 듣지 못했다. 차마 지우지도 못했다.

경미는 결이에게 하늘이를 떠올릴 때마다 슬프고 힘든 게 당연하다며, 자기 이야기를 들려줬다. 유일한 가족인 엄마 장례를 치르고 나서 한참 동안 고시원 안에 갇혀 지냈는데, 계속 그렇게 있다가는 자기도 엄마를 따라갈 것 같아서 억지로 학교에 가고, 공무원 학원에 다녔다고 했다.

"그때 내 곁에 아무도 없었어. 지영이랑 오래 떨어져 있을 때였거든. 엄마를 그리워하다 쓰러져 다시 일어나지 못할까 봐 엄마를 마음 놓고 그리워하지도 못했어. 결이 네 곁에는 나도 있고, 가온이랑 미래도 있잖아. 그냥 마음껏 그리워하고, 보고 싶으면 울고, 언니 원망도 해."

"다 울었어?"
가온이 말에 결이가 고개를 끄덕였다.
"추로스 다 식었어. 초콜릿도."
"괜찮아."
그때 지원이 다시 추로스를 가져왔다.
"하늘이 생각했구나?"
"네."
"여기 어때? 하늘이가 좋아할 것 같아?"
"네."
결이가 슬픈 눈빛으로 카페를 다시 둘러보는데 지원이가 가온이를 보며 물었다.
"친구?"
"네."
"하늘이가 좋아하겠다. 결이가 친구랑 왔다고."

지원이 눈가가 빨개졌다. 해가 지고 코발트색 하늘이 점점 감색으로 변해 갔다. 실내와 테라스에 흩어져 있던 사람들이 하나둘 차를 타고 내려갔다. 지원은 카페를 정리해야 한다고 카운터로 돌아갔다. 가온이는 말없이 바다만 바라보는 결이에게 조심스럽게 물었다.

"나 먼저 집에 갈까? 너 저 언니랑 애기할 거 많을 것 같은데."

"아니. 너 괜찮으면 같이 있어 줘."

"응."

지원은 손님이 다 떠난 뒤 다시 곁으로 왔다. 지원은 한국에 와서 카페를 차리게 되기까지 과정을 차분하게 설명했다.

"동생은 추로스 카페 1호점, 2호점을 내서 부자가 되는 게 목표고, 나는 하늘이 곁에서 마음을 정리하고 건강도 추스르면서 앞으로 어떻게 살까를 고민하고 있는 중이야."

어둠이 내린 언덕 아래에는 멀리 석모도 해안의 가로등 불빛과 바다에 떠 있는 꽁댕이배 불빛 서너 개가 반짝였다.

"결아, 너 저 불 켜진 배들이 뭐 잡고 있는지 알아?"

지원의 물음에 결이가 고개를 저으며 가온이를 바라보았

다. 가온이가 말했다.

"젓새우, 젓갈 담는 새우요. 아직 제철은 아니고 조금 더 있으면 배가 많아져요."

"그렇구나. 나는 오징어 배만 밤에 작업하는 줄 알았어. 한국 사람들은 진짜 부지런해. 밤낮이 없어."

"원래 뱃일은 물때 따라 하는 거라 그렇대요."

"딱 4년을 스페인에 있다 왔는데 밤낮없이 부지런한 한국 사회가 낯설게 느껴졌어. 스페인에 가기 전까지 나는 그냥 평범한 집에서 태어나 어려운 것 없이 자랐거든. 스페인에 가서야 내가 소수자가 됐지. 반 애들이 나랑 하늘이를 치노라고 놀렸어. 악의가 있었던 건 아니야. 그냥 자기들이랑 다르니까 그런 건데 그게 내게는 상처가 됐지."

"우리 언니는 상처 안 받았어요?"

"하늘이는 나보다 먼저 겪어서 그런지 담담했어. 나는 그때야 깨달은 거고. 내가 누군가에게 낯선 존재구나. 나도 경계의 대상일 수도 있겠구나. 하늘이랑 사귀면서 성소수자가 되고 나서는 세상이 다르게 보였지."

"어떻게요?"

"배척되고 차별받는 존재들이 더 많이 보였어."

"언니네 엄마 아빠도 우리 언니랑 사귀는 거 계속 반대하셨어요?"

"아니. 처음엔 놀라셨지. 외국 생활에서 한인 교회 커뮤니티는 되게 중요한데, 거기가 굉장히 보수적이고 폐쇄적이거든. 거기서 나랑 하늘이가 사귄다고 소문이 났어. 처음엔 우리 엄마 아빠도 큰일이라도 난 것처럼 노발대발했지. 그래서 대학도 한국으로 와야 했고. 근데 우리 엄마 아빠가 하늘이를 잘 알잖아. 얼마나 좋은 앤지. 그래서 나중에는 지지해 주셨어. 아쉬웠지. 진작 그랬으면 군이 대학을 한국으로 오지 않았을 텐데. 스페인에서 건축 공부를 계속할 수 있었을 텐데……. 대학 졸업하고 스페인으로 돌아가서 하늘이랑 같이 지낼 생각이었어. 근데 스페인도 청년 실업이 심각해서 취업이 쉽지 않았어. 하늘이가 독일로 가면 거기서 만나기로 했었어. 어떨 땐 혼자 막 욕해. 그렇게 가 버리고 나니까 좋으냐고."

지원이 목이 메었다. 결이는 지원이 하늘이를 그리워하고 있다는 것에 가슴이 벅차올랐다. 집에서는 하늘이를 입에 담을 수 없었고 하늘이의 물건도 이미 다 치워졌다. 가족 누구에게도 하늘이를 향한 그리움을 드러낼 수 없었다. 그래

146

서 외로웠고 하늘이를 향한 죄책감이 깊어졌다. 결이는 갑자기 호흡이 둔해지는 것이 느껴졌다. 결이가 힘들어하는 것을 알아챈 가온이가 결이 등을 쓰다듬었다.

"결아, 괜찮아. 천천히 심호흡해."

지원이 당황해 어쩔 줄 몰랐다.

"왜 그래? 어디 아파?"

다행히 결이의 호흡이 곧 돌아왔다. 지원은 손수건을 꺼내 결이의 눈물을 닦아 주었다. 결이가 울음을 참으며 말했다.

"언니가 우리 언니를 그리워해 줘서, 너무 고마워서……."

"결아."

"다 잊으라고만 했어요. 엄마도, 아빠도, 숨이도, 할머니도, 고모들도 다. 언니가 원래 없던 사람이었던 것처럼. 언니를 그리워하는 내가 잘못된 것 같았어요."

지원이 울먹이며 말했다.

"미안해. 진작 연락할걸."

"아니에요. 언니도 몰랐잖아요. 언니, 여기 자주 와도 돼요? 언니 있는 동안."

"그럼. 당연하지."

"우리 언니 어떤 사람이었는지 궁금해요. 다른 사람들하고 사이가 좋았는지, 좋아하는 건 뭐였는지. 나는 아는 게 너무 없어요. 통화하면 언니는 내 얘기만 물어봤거든요. 언니가 죽고 나서야 언니에 대해 아는 게 없다는 걸 알았어요."

지원은 어둠이 내린 서쪽 하늘을 바라보며 혼잣말을 하듯 이야기를 시작했다.

"하늘이는, 하늘이는 하늘을 닮은 아이였어. 나는 하늘이 덕분에 새로 알게 된 게 많아. 환경, 동물, 난민, 여성……. 하늘이는 타인의 고통에 예민한 아이였어. 신앙이 있는 것도 아닌데 이모를 따라 고등학교 때부터 외국인 교회에서 봉사했지. 아프리카 난민이나 아시아에서 온 미등록 외국인들이 많이 다녔거든. 대학교 때는 가톨릭교회에서 운영하는 난민 보호 센터에서 봉사를 했어. 내가 오지랖 넓다고 많이 놀렸어. 하늘이는 내가 오기 전까지 한국 애라고는 한 명도 없는 학교에서 혼자 지내면서 사람들을 관찰하는 습관이 생겼대. 학교뿐 아니라 동네에서, 전철이나 버스 안에서, 광장에서, 시장에서. 그러면 외로운 사람, 배고픈 사람, 슬픈 사람, 떠밀려 난 사람, 버림받은 사람이 보였대. 물론 연인이나 다정한 가족도 보이고. 그 사람들을 보면서 자기만 외로운 게 아니구나 생각하고, 멀리 떨어져 있는 가족을 떠올리고."

결이가 지원에게 조심스럽게 물었다.

"혹시 언니랑 사귀는 것 때문에 차별 같은 건 안 당했어요?"

지원이 고개를 저었다.

"스페인은 동성애에 대한 편견이나 차별이 한국만큼 심하지는 않아."

"언니가 죽고 나서 혼자 계속 생각했어요. 언니가 왜 죽었을까. 아빠 때문일까, 엄마 때문일까. 아니면 성소수자라서 그랬던 걸까. 언니는 죽는 순간 후회하지는 않았을까. 왜 그렇게 외롭게 혼자 죽어야 했을까."

지원이 얼굴에 짙은 그림자가 졌다.

"나도 그랬어. 하늘이가 왜 죽었을까, 왜 죽어야 했을까, 죽기 몇 시간 전까지 웃으며 얘기했거든. 독일 유학 준비가 잘 되어 간다고 나더러도 독일어 공부하면서 떠날 준비하라고 채근하기도 하고."

"그 주에 언니가 합격 통보를 받았다고 저한테 전화했거든요. 그때도 되게 좋아 보였어요. 그래서 언니가 죽었다는 게 믿어지지 않았어요."

"너도 그랬구나. 나도 마찬가지였어. 그래서 내가 놓친 게 뭔지 찾아야겠다는 생각이 들어서 장례를 치르고 곧장 스페인으로 다시 갔던 거야."

"찾았어요?"

지원이 씁쓸하게 웃으며 어깨를 으쓱했다.

"사실 이유를 모르지 않았지. 그냥 인정하기가 힘들었던 거야. 마드리드와 그라나다를 오가며 하늘이의 흔적을 찾아다녔어. 마드리드에 가서 고등학교와 대학 동창들을 만나고, 그라나다로 가서 같이 지냈던 집에 다시 가 보고 친구들을 만났지. 하늘이가 걷던 골목을 걷고, 성당에도 가고, 이슬람 사원에도 가고. 모든 것이 생생했어. 결이 너도 기억하지? 너희 가족이 스페인에 왔을 때, 나랑 하늘이가 그라나다대학으로 교환학생 갔던 거."

"그럼요."

"그 1년이 하늘이와 내가 가장 행복했던 시절이었어. 그라나다대학은 학교 건물이 구시가지에 흩어져 있거든. 수업이 없을 때는 둘이 골목을 걸었어. 이슬람 문양으로 가득한 가방 가게와 장신구 가게 골목을 지나면 가톨릭 성당이 나오지. 그곳에서는 동양인인 우리가 별로 튀지 않았어. 관광 온 동양인도 많으니까. 그렇게 하늘이의 흔적을 찾아다니면서 하늘이가 왜 죽었는지보다 하늘이를 어떻게 기억할까에 더 마음이 쓰이는 걸 느꼈어. 물론 그게 서로 상충되는 건 아니겠지만."

"우리 언니는 왜 죽은 거예요? 언니는 알고 있었어요?"

"응. 그래서 하늘이 장례를 치르면서 수없이 그런 생각을 했어. 조금만 참지. 조금만 더 견디지. 그런데 그게 하늘이한테 얼마나 잔인한 말이었을까 하는 생각도 들어. 하늘이를 수습한 친구가 말했어. 떠나기 전날 하늘이가 기분이 좋았다고. 평소보다 밝아서 하늘이가 그런 결심을 하고 있다고 생각조차 못 했다고. 자기가 너무 무뎠다고 자책을 하는 거야. 그런데 나도 마찬가지였거든. 하늘이가 죽던 날 낮에 영상통화를 했어. 우리가 자주 가던 모로코 식당에서. 내가 없어서 하늘이 혼자 밥을 먹고 있다고, 밥 먹는 내내 영상통화를 했어. 저녁때는 기타를 치면서 〈하루의 끝〉을 불러 줬어."

"저도 그 노래 알아요."

"그 노래가 하늘이한테 어떤 의미인지 알면서도 눈치를 못 챘어. 사람들이 그러잖아. 자살하는 사람은 신호를 보낸다고. 근데 내가 그걸 몰랐던 거잖아. 미칠 것 같았어. 내가 한국으로 와서, 내가 예민하지 못해서 하늘이를 살리지 못했다는 자책으로 너무 괴로웠지. 그런데 하늘이의 유서를 볼 때마다 하늘이는 참 오래 준비하고 망설였구나 하는 생각이 들더라. 하늘이는 누구보다 간절하게 살고 싶어 했구나. 그런데 그러지 못했구나."

"언니 유서가 있었어요?"

"응. 하늘이가 남긴 노트북에 있었어. 다 초기화한 뒤에 유서와 그 노트북이 자기 거라는 걸 알릴 수 있는 사진만 다시 옮겨 놓았던 것 같아. 주로 하늘이 핸드폰에 있던 가족 사진이었어. 너희 아빠와 찍은 사진, 엄마와 찍은 사진, 결이 너와 찍은 사진, 숨이와 찍은 사진. 그리고 손으로 쓴 일기 몇 장. 그걸 네가 스무 살이 되면 전해 달라고 했어. 그래서 네가 대학에 입학하게 되면 그때 만나려 했어."

지원이 카운터로 가더니 가방에서 유에스비를 가져왔다.

"아무래도 스무 살까지 기다릴 필요가 없을 것 같아."

9
동생들을 위한 증언

 열한 살 때부터였습니다. 고통의 시간이 시작된 것이. 기억이 순서대로 떠오르지는 않습니다. 그래서 제가 기록하는 일의 시간적 순서가 조금 나를 수도 있습니다. 어쩌면 비상한 두뇌를 가진 당신은 그 시간들을 다 기억하고 있어 제 기억의 오류들을 하나하나 지적하고 방어할지도 모르겠네요.

 사람의 기억은 왜곡됩니다. 자의적으로 해석이 되기도 하지요. 그때의 객관적인 상황, 사건을 있는 그대로 기억할 수는 없습니다. 가끔 나는 내 눈과 뇌가 디지털카메라의 구조를 장착하지 못한 게 안타깝습니다. 가끔은 내가 사이보그라면 얼마나 좋을까 생각하기도 합니다. 사실 그대로, 그때그때의 장면 그대로의 정확한 기억보다 공포와 두려움, 혐오감이 먼저 떠오르는 것이 답답하고 화가 납니다. 그런 감정이 올라오면 저는 그 기억을, 그 사실들을 지우고 잊고 싶어집니다.

간절한 소원이 있었습니다. 평범한 나로 살고 싶다는 것이었습니다. 현재를 살고 미래를 꿈꾸고 싶었습니다. 하지만 나의 현재와 미래는 과거에 묶여 있습니다. 당신은 내 앞으로 나 있는 길을 지웠습니다. 길이 없으니 오랜 시간을 헤맸습니다. 무섭고 외로웠습니다.

사랑하는 사람을 만난 뒤에야 스스로 나의 길을 만들어 갈 힘을 얻었습니다. 그러나 나는 너무, 자주, 다시 길을 잃었습니다.

차라리 엄마 말대로 그 모든 것이 꿈이었다면 달랐을까요? 지금 나는 조금 행복해졌을까요? 엄마가, 가족과 친지들이 내 말에 귀를 기울이고, 내 편이 되어 주었다면, 그래서 그 끔찍한 기억들로부터 걸어 나올 수 있었다면 나는 죽음의 길을 내는 대신 삶의 길을 냈을 겁니다. 왜 모두 당신 편에 섰던 걸까요? 엄마, 할머니, 고모들까지. 열세 살, 어린아이가 힘겹게 진실을 말했는데 왜 외면했을까요?

지금 다시 용기를 내어 당신에게 이 편지를 쓰는 까닭은 어른들이 선택했던 비겁한 길을 가지 않기 위해서입니다. 내가 사랑하는 동생, 결이와 숨이의 길을 지우는 일이 없기를 바라기 때문입니다.

동생들은 나에 대한 기억이 많지 않겠지만 나는 결이가 태어나던 날의 병원 풍경, 신생아실 유리창 앞에서 결이를 처음 보던 순간의 벅찬 기쁨이 떠오릅니다. 막내 숨이가 태어나던 날도 마찬가지입니다. 그때는 내 인생이 어떻게 펼쳐질지 몰랐습니다. 그저 동생이 하나에서 둘이 된다는 게 기뻤습니다. 적어도 그 일이 있기 전까지 나는 우리가 행복한 가족이라고 믿었습니다.

내가 지금부터 하려는 이야기는 내가 아닌 동생들을 위한 증언이 될 것입니다. 처음에는 당신과 맞설 더 큰 힘을 가져야겠다고 생각했습니다. 당신을 이기기 위해서는 적어도 당신만큼의 능력과 권력을 갖춰야 한다고 생각했습니다. 그래서 유배된 스페인에서 이를 악물고 공부했습니다. 그러다 사랑하는 사람을 만났습니다. 내 이야기를 듣고 나서 그이가 말했습니다. 저의 동지가 되어 당신과 싸우겠다고요. 반드시 승리하도록 돕겠다고요. 나는 이 싸움이 나와 당신의 싸움인 줄로만 알았습니다. 그런데 아니었습니다. 나의 싸움은 동생들의 싸움이고, 모든 여성의 싸움이었습니다. 당신의 나라뿐 아니라 내가 사는 이곳도 여자에게 안전하지 않거든요.

당신이 내 길을 지웠음에도 나는 앞으로 나가기 위해 최선을 다했습니다. 나를 포기하고 싶지 않았습니다. 그러느라 내 몸과 마음이 만신창이가 되었습니다. 이제 내게는 더 버틸 힘이 없습니다. 남은 것은 앞으로 갈 길과 뒤로 돌아가는 모든 길을 다 끊어 낼 만큼의 힘뿐입니다.

어릴 적, 당신은 항상 나를 태양, 보석, 선물이라고 했습니다. 당신 품에 안겨 있으면 세상 무서울 게 없었습니다. 주위 어른들은 항상 당신 같은 훌륭한 아빠를 가진 것을 자랑스럽게 생각해야 한다고 말했습니다. 그때 나는 당신의 딸인 것이 자랑스러웠습니다. 모든 사람이 당신을 대표님, 혹은 교수님이라고 불렀습니다. 심지어 할머니도 당신을 이 교수라고 불렀지요. 정작 당신은 대학에서 강의 몇 개를 맡고 있을 뿐인 사업가였는데도 말이죠. 나이가 들고 나서야 우리 가족이 명예와 힘을 중요시한다는 걸 알게 되었습니다. 당신은 타인들에게 항상 겸손했으며 부드러웠습니다. 할머니한테는 예의 바르고 착한 아들이었고, 고모들한테는 하나밖에 없는 귀한 남동생이었지요. 엄마에게는 든든한 남편이었던 것 같습니다. 적어도 어릴 적 내 눈에는 그렇게 보였습니다.

어렸을 때는 엄마에 대한 당신의 관심이 사랑이라고 느꼈습니다. 당신은 외출을 할 때마다 엄마의 옷차림, 액세서리, 헤어스타일까지 세심하게 챙겼습니다. 엄마는 항상 거울이 아닌 당신 앞에서 외출 준비를 끝냈습니다. 어릴 때는 그것이 이상한지 몰랐습니다. 엄마의 불편함을 미처 알아채지 못했습니다. 생각해보면 당신은 나와 동생들의 옷에도 유난히 관심을 가졌습니다. 어렸을 때는 그 모든 것이 사랑이라고 여겼습니다.

그날의 일을 복기하기 위해, 되도록 정확하게 기록하기 위해 나는 잊고 싶은 기억들을 다시 불러내야 합니다. 그게 너무 무서워서 지금도 핵심으로 들어가지 못하고 계속 주위를 맴맴 도는 것 같습니다. 이 두려움과 고통을 당신은 상상할 수 없겠지요. 그러나 이 글을 읽는 것은 당신에게도 쉬운 일은 아닐 것입니다. 아니 적어도 그렇기를 바랍니다.

당신은 평일에는 강남에 있는 사무실 근처 오피스텔에서 지내는 날이 많았지요. 외국 출장도 잦았던 것 같습니다. 그래서 집에 오는 날은 손에 이런저런 선물을 들고 왔습니다. 나는 항상 당신 무릎에 앉아 당신이 없는 동안 있었던 일들을 조잘거렸습니다. 당신은 내 머리를 쓰다듬고, 뺨에 입을 맞추며 이야기에 귀를 기울였습니다. 아홉 살, 열 살, 그때까지는 어린 딸을 사랑하는 아버지의 손길이라고만 생각했습니다. 당신이 나를 무릎에 앉히고 몸을 쓰다듬는 것이 거북해진 것은 열한 살 때부터였습니다. '내 강아지, 내 기'라는 말이 귀에 거슬렸습니다. 이미 가슴에 멍울이 생기기 시작한 나더러 같이 샤워를 하자는 것도 몹시 싫었습니다.

5학년이 되던 이른 봄이었습니다. 그즈음에 할머니가 유치원 운영을 엄마에게 맡기고 은퇴하셨습니다. 그날은 신임 원장이 된 엄마가 속리산에서 유치원 원장 연수가 있다며 집을 비운 날이었습니다. 유치원에 다니던 결이와 막 유치원생이 된 숨이와 함께 집에 있다가 저녁때가 되어 길 건너 할머니네 아파트로 갔습니다. 저녁을 먹고 나서 할머니와 텔레비전을 보는데 당신이 왔습니다. 그날 당신도 경주에서 열리는 워크숍에 참석했다 오는 길이라고 했습니다. 그걸 기억하는 이유는 당신이 황남빵을 사 가지고 와서 할머니와 우리에게 주었기 때문입니다. 할머니와 당신이 담소를 나누는 동안 우리는 황남빵 한 상자를 다 먹었습니다. 당신은 흐뭇하게 우리를 바라보았습니다. 나는 아주 오랫동안 그날의 저녁을 그리워했습니다. 그날 이후로 '행복한 우리 가족'이란 환상이 깨졌기 때문입니다.

당신은 집에 오자마자 씻으러 들어가고 우리는 거실에서 텔레비전을 보았습니다. 샤워를 하고 나온 당신은 식탁에서 잡지를 보며 와인을 마셨습니다. 간간이 고개를 들어 우리가 노는 모습을 살폈습니다. 당신이 우리를 지켜보고 있어 행복했습니다. 안전하다고 느꼈던 것 같습니다. 거기서 엄마와 통화도 했었지요. 숨이가 엄마 보고 싶다고 울었던 기억도 납니다. 밤이 늦어지자 당신은 들어가서 자라고 했습니다. 타운하우스에 살던 그때는 다락이 있는 2층이 우리 세 자매의 공간이었습니다. 복층 구조여서 아래는 공부방과 놀이방으로 쓰고 다락은 침실로 썼습니다. 당신이 타운하우스 단지에 집을 지을 때 가장 신경 쓴 곳이 우리 공간이라고 자랑하곤 했습니다.

나는 동생들을 차례로 씻겨 다락으로 올려 보낸 뒤, 소파에 누워 책을 들었습니다. 원래 나는 잠들기 전 꼭 책을 읽었습니다. 그날은 엄마가 집에 없어서인지 잠이 오지 않아 책 한 권을 거의 다 읽었습니다. 책이 몇 장 남지 않았을 때쯤 당신이 2층으로 올라왔습니다. 그리고 내 옆에 앉았습니다. 내가 읽던 책을 달라고 해 제목을 읽었습니다. 『산적의 딸 로냐』라는 제목이 별로 마음에 들지 않는다고 했습니다. 당신은 그날 꽤 취했습니다. 경주 호텔에서 샀다며 수제 초콜릿 상자를 내밀었습니다. 내게만 주는 선물이라고 했습니다. 그러면서 요즘 아주 힘든 일이 많다고, 어렸을 때는 내가 피로를 풀어 주는 요정이었는데 요즘은 멀어진 느낌이 든다고 했습니다. 어렸을 때는 샤워도 같이 하고 자기 품에 안겨 잠도 샀는데 자꾸만 멀어진다고 했습니다. 미안하다는 생각을 했던 것 같습니다. 당신에게는 여전히 내가 가장 소중하다고 했습니다. 나도 그걸 알고 있었던 것 같습니다.

당신은 일 때문에 외국에 갔다 올 때면 시계, 목걸이, 옷, 가방, 인형 같은 선물을 사 왔습니다. 언제부턴가 당신이 사 오는 선물이 너무 유치해 마음에 들지 않았지만 엄마는 그런 내색을 하면 안 된다고 했습니다. 그래서 그 초콜릿도 기쁘게 받았습니다. 아침에 동생들과 먹겠다고 하니까 한 개만 먹어 보라고 했습니다. 초콜릿을 입에 넣는 것을 보며 내 머리카락을 쓰다듬었습니다. 뺨과 목덜미도 쓰다듬었습니다. 그러면서 말했습니다.

"여자가 다 되었구나."

그 말 때문인지 나를 쓰다듬는 당신의 손길이 불쾌하게 느껴져 벌떡 일어났습니다. 그러자 당신이 노여워하며 말했습니다.

"아빠한테 이게 무슨 짓이야?"

당신의 목소리가 컸기 때문에 결이가 깨서 내려왔습니다. 그러자 당신은 화난 걸음으로 계단을 내려갔습니다. 나는 당신이 그러는 까닭을 알 수 없었습니다. 결이가 물었습니다.

"아빠가 왜 화냈어?"

나도 모른다고 했습니다. 『산적의 딸 로냐』의 결말이 궁금했지만 다락으로 가서 침대에 누웠습니다. 엄마에게 전화를 하고 싶었지만 의젓한 모습을 보여 주고 싶어 참았습니다.

한참을 뒤척이다 잠이 들었습니다. 그러다 가위에 눌렸습니다. 가위눌리면 항상 그랬듯이 속으로 "꿈이야, 꿈이야."를 외치며 몸을 뒤척였습니다. 그런데 몸이 말을 듣지 않았습니다. 눈을 떠야 한다고 나를 다그쳤습니다. 그런데 눈이 떠지지 않았습니다. 아주 센 힘이 나의 온몸을 내리누르고 있는 것 같았습니다. 팔을 뻗어 나를 내리누르는 그 물체를 밀쳐 내려 했지만 손조차 움직일 수 없었습니다. 몸을 뒤틀며 계속 소리를 질렀지만 소리가 밖으로 나가지 않고 목구멍 안으로 삼켜졌습니다. 아주 커다란 손이 내 입을 막는 것 같았습니다. 숨이 쉬어지지 않았습니다. 눈물이 나왔습니다. 눈을 감은 채 숨죽여 울었습니다. 그대로 죽을 수도 있겠다는 공포에 머릿속까지 하얗게 되었습니다. 얼마가 지났을까 결이와 숨이가 나를 흔들어 깨웠습니다.

"언니, 왜 그래? 꿈꿨어?"

"응, 아주 무서운 꿈."

그런데 결이가 말했습니다.

"근데 언니, 누가 왔다가 간 것 같아. 아빠 같아."

"아니야, 너희도 꿈꿨나 보다."

화장실에 가려고 일어났는데 침대 모서리에 축축하고 미끄덩거리는 액체가 만져졌습니다. 기분 나쁜 냄새가 났습니다. 휴지로 닦아 내고, 다시 휴지에 물을 묻혀 냄새가 지워지도록 닦았습니다. 그리고 결이 침대로 가 누웠습니다. 결이가 나를 꼭 안았습니다. 다음 날, 일어났는데 배가 몹시 아프고 아래쪽이 뻐근했습니다. 화장실에 갔더니 팬티에 피가 묻어 있었습니다. 놀라서 욕실을 뛰쳐나와 거실로 갔더니 맞은편 주방에 할머니가 계셨습니다. 당신이 어디선가 불쑥 나올까 봐 겁이 났습니다. 두리번거리자 할머니가 말했습니다.

"아빠 찾는구나. 새벽 일찍 나갔어. 내일부터 일본에서 학회가 있대. 너희 아침 챙겨 주려고 내가 왔지."

그 말에 안심하고 할머니한테 배가 아프고 팬티에 피가 묻었다고 말했습니다. 그러자 할머니가 환하게 웃으며 말했습니다.

"하늘이 생리하는구나. 아이고, 우리 손녀가 여자가 됐네."

그날 하루 종일 팬티에 피가 조금씩 묻어 나왔습니다. 아침을 먹고 나갔던 할머니가 케이크를 사 가지고 오셨습니다. 나의 첫 생리를 축하하는 케이크였습니다. 그리고 저녁때 집에 온 엄마가 내게 생리대를 주며 말했습니다.

"우리 하늘이가 이제 여자가 되었구나."

기뻐하는 엄마에게 전날 밤 얘기를 했습니다. 엄마가 차갑게 굳은 얼굴로 말했습니다.

"꿈이야. 꿈을 꾼 거야. 아마 생리를 시작하려고 꾼 꿈인가 보다."

정말 그날 밤 생리가 시작되었습니다. 나는 첫 생리가 하나도 기쁘지 않았습니다. 그날 이후로 엄마는 한참 동안 새벽기도에 나를 데리고 갔습니다. 새벽 4시 반에 엄마를 따라 교회에 갔다 와서 다시 학교에 가야 했기 때문에 몹시 피곤했습니다. 내가 코피를 흘리자 엄마는 혼자 새벽기도를 나갔습니다. 그 뒤로 엄마는 집을 비우지 않았습니다. 연수나 회의가 있어 집을 비워야 할 때면 저희 세 자매를 다 데리고 갔습니다. 그것 때문에 할머니와 종종 부딪쳤던 것을 기억합니다.

그해 여름 온 가족이 제주도로 여행을 갔습니다. 할머니와 고모네 식구들도 같이 갔습니다. 내 기억으로는 사흘 내내 날이 흐리고 비가 왔습니다. 그래도 둘째 날은 비가 그쳐 우리는 엄마를 졸라 호텔 아래 해수욕장으로 내려갔습니다. 숨이가 방에서 잠든 당신을 깨워 함께 내려왔습니다. 하늘은 어두웠지만 날은 후텁지근하고 파도는 전날보다 약했습니다. 비가 오기 전까지 물놀이를 하기로 했습니다. 당신은 해변에 앉아 우리가 노는 것을 지켜보았습니다. 나는 왠지 당신 앞에서 수영복을 입은 모습을 보이는 게 싫었습니다. 그래서 일찍 물 밖으로 나왔습니다. 파라솔 아래에서 맥주를 마시던 어른들이 왜 벌써 나오느냐고 물었고 나는 감기가 든 것 같다고 말했습니다. 그리고 방으로 와서 샤워를 하는데 욕실 문이 열리고 당신이 들어왔습니다. 당신은 겁에 질린 나를 보며 말했습니다.

"하늘아, 너 왜 아빠를 그렇게 봐? 감기 같다고 해서 걱정돼서 올라왔지. 아빠의 공주님은 도대체 어디 가고 이렇게 낯설고 못된 여자애만 있는 거야."

그러면서 다시 착한 딸로 돌아오라며 나를 끌어당겼습니다. 술 냄새가 역하게 났습니다. 소름이 끼쳤습니다. 내 몸이 경직된 걸 느꼈는지 당신은 화가 난 표정으로 내 어깨를 꽉 잡았습니다.

"도대체 왜 나를 그렇게 봐? 넌 내 딸이야. 아빠를 그렇게 보면 안 되지."

그때 내가 느낀 감정은 공포였습니다. 다행히 엄마가 욕실로 뛰어 들어와 당신을 밀쳐 냈습니다. 그 순간 당신이 엄마를 때렸습니다. 당신이 엄마에게 손찌검을 하는 것은 처음 보았습니다.

"하늘이와 당신, 도대체 왜 나를 이상한 사람으로 만들어?"

엄마는 눈물을 흘리며 나를 안았습니다. 당신이 나간 뒤 나는 당장 집으로 가자고 졸랐습니다. 엄마는 아빠가 나를 너무 사랑해서 그런 거라고, 술에 취해서 그런 거라고 변명했습니다. 엄마를 때린 것도 당황해서 그런 거라고 말했습니다. 우리는 거기서 이틀을 더 있었습니다. 다행히 엄마는 곁에 있어 주었습니다. 엄마는 내내 어두웠고 당신은 화가 나 있었습니다.

그해 가을 당신은 서울에 있는 아주 큰 호텔에서 상을 받았습니다. 무슨 상인지는 기억나지 않고 동그란 탁자에 저희 가족끼리 앉았던 기억이 있습니다. 그날 우리 세 자매는 똑같은 디자인의 아이보리색 공단 원피스를 입었습니다. 할머니가 특별히 맞춰 준 원피스라고 했습니다. 사람들이 모두 예쁘다고 칭찬을 했지만 나는 기분이 좋지 않았습니다. 당신이 상을 받고 엄마 곁으로 다가오더니 어깨를 감싸고 뺨에 뽀뽀를 했습니다. 그 모습에 소름이 끼쳤는데 엄마는 행복하게 웃었습니다. 엄마가 아주 이상하게 보였던 기억이 납니다.

다음 날 집에서 파티가 열렸습니다. 아마도 당신의 수상을 축하하는 자리였겠지요. 늘 일을 도와주러 오시던 아주머니뿐 아니라 출장 뷔페 직원들도 여럿이 와 있었습니다. 그날도 우리는 전날 입었던 원피스를 입었습니다. 결이가 말했습니다.

"왜 자꾸 이걸 입으래? 난 치마 싫은데."

엄마는 그날 저녁까지만 입으면 된다고 했습니다. 할머니가 큰돈을 주고 맞춰 주신 거라고 고마워해야 한다고도 했습니다. 그런데 당신이 와서 성난 얼굴로 말했습니다.

"얼굴 표정이 그게 뭐니? 다들 우리를 보고 있는데. 아빠 딸인 게 자랑스럽지 않아?"

"이제 시작인데 벌써 취하면 어떡해요."

당신은 엄마 말에 아랑곳하지 않고 나와 동생들의 손을 잡고 손님들에게 인사를 시켰습니다. 몇 사람에게 인사를 한 뒤 결이와 숨이는 어디론가 가고, 나는 당신 손에 잡혀 계속 인사를 하러 다녔습니다. 어떤 사람은 엄마를 닮아 미인이라고 하고, 어떤 사람은 아빠를 꼭 닮은 딸이라고도 했습니다. 그 자리를 벗어나고 싶었지만 당신이 내 손을 꼭 잡고 있었습니다. 그때 한 사람이 말했습니다.

"하늘이 다 컸네. 이젠 뭐 딸이 아니라 이 대표 애인이라고 해도 믿겠어."

"그렇죠? 그런데 벌써 다 컸다고 아빠를 멀리합니다."

당신 말에 그 손님이 말했습니다.

"품 안에 자식이라는 걸 실감하는 게 바로 아이들이 사춘기가 될 때라고. 내 딸들도 그랬어."

"섭섭하지 않으셨어요?"

그 손님이 웃었습니다.

"섭섭하지."

"요즘엔 제가 외출했다 돌아와도 딸들이 뽀뽀도 안 해요."

그러면서 갑자기 내 뺨에 입술을 대며 말했습니다.

"그래서 아빠가 이렇게 딸한테 뽀뽀를 해야 한다니까요."

왜 그랬는지 모르지만 갑자기 속이 울렁거리더니 구역질이 났습니다. 참으려고 했지만 참아지지 않았습니다. 할 수 없이 손님들 앞에서 저녁에 먹은 것을 다 게워 내고 말았습니다. 손님들이 웅성거렸고 주방에 있던 엄마가 뛰어와 나를 욕실로 데려갔습니다. 계속 눈물이 나왔습니다. 엄마는 아무 말도 하지 않고 옷을 벗겨 주었습니다. 밖에서 당신 소리가 들렸습니다.

"애들 상태 안 살피고 뭐한 거야? 손님들 앞에서 이게 무슨 망신이야!"

엄마가 말했습니다.

"하늘이 어린애 아니에요. 이제 그만해요."

엄마 목소리가 너무 단호하고 냉랭해 나도 흠칫 놀랐습니다.

그 일이 있고 나서 얼마 뒤에 엄마는 나를 스페인어 학원에 데리고 갔습니다. 나를 마드리드로 유학 보낼 거라고 했습니다. 마드리드에는 4년 전 유학을 간 이모가 있었습니다. 아무리 그래도 갑자기 중학교를 스페인으로 가라니 어안이 벙벙했습니다. 그 무렵 당신과 엄마, 엄마와 할머니가 자주 말다툼을 했습니다. 늘 고분고분하던 평소의 엄마와 달랐던 기억이 납니다. 나는 유학을 가고 싶지 않았습니다. 모든 것이 나의 의지와 상관없이 진행됐습니다. 결국 나는 초등학교 졸업식을 마치고 마드리드행 비행기를 탔습니다. 그것도 혼자서요. 엄마가 공항에서 말했습니다.

"대학은 유럽이든 미국이든 네 마음대로 가도 돼. 하지만 중, 고등학교만 이모 곁에서 다녀. 하늘아, 이게 엄마가 너한테 해줄 수 있는 최선이야."

그때 나는 엄마 말을 이해하지 못했습니다. 왜 나를 외국으로 떠나보내려는지 몰라서 그저 서운하고 슬펐습니다. 버림받은 느낌이었습니다.

마드리드에 도착해서 보니 공항이 작고 허름했습니다. 짐을 찾았는데 내 트렁크가 다 깨져 있었습니다. 책이 삐져나오고 옷들이 훤히 보였습니다. 서툰 스페인어와 영어를 섞어 가며 가방이 망가졌다고 항의를 하는데 공항 직원들은 비웃으며 서로 떠들어 댔습니다. 한국에서 반년 동안 배운 스페인어는 아무 소용이 없었습니다. 공항 직원들이 하는 말이 너무 빨라 제대로 알아들을 수가 없었습니다. 결국 나는 깨진 트렁크를 끌고 입국 심사대를 나왔습니다. 스페인에 대한 첫 인상은 그렇게 엉망이었습니다.

내가 나오지 않아 한참을 걱정하며 기다린 이모는 어딘가에 가서 테이프를 가져와 내 트렁크를 휘감았습니다. 이모를 따라간 주차장은 너무 초라했습니다. 이모는 집까지 가는 동안 스페인에 대해 이런저런 이야기를 쏟아 냈지만 하나도 귀에 들어오지 않았습니다. 6개월 동안 이모한테 스페인어를 배웠습니다. 버스와 전철을 타고, 슈퍼와 재래시장에 다니며 말을 익히고 그해 가을에 중학교에 입학했습니다. 당신한테서 몇 번 편지가 왔습니다. 나를 사랑한다는 말, 내가 없어서 삶에 의미가 없어졌다

169

는 말, 엄마가 나와 당신의 사이를 이간질했다는 표현도 있었습니다. 이모는 당신이 나를 특별히 잘 보살펴 달라며 큰돈을 보냈다고도 했습니다.

이모 덕분에 스페인 생활에 차츰 적응을 해 갔습니다. 학교생활도 점점 나아졌습니다. 가끔 나를 보고 치노라고 부르거나 두 눈을 찢어 보이는 시늉을 하는 아이들이 있었지만 대부분은 무관심했습니다. 당신의 불온한 시선보다 차라리 차별적인 그 시선이 나았습니다.

중학교 2학년 때 지원이가 우리 학교로 왔습니다. 대기업 주재원인 아버지를 따라 온 가족이 왔다고 했습니다. 한국 사람이 한 명 더 있다는 게 그렇게 힘이 될 줄 몰랐습니다. 지원이 덕에 중학교 생활이 즐거웠고 스페인 친구들과도 잘 지냈습니다. 나는 제법 공부를 잘했습니다. 이모가 다니는 교회에서 아프리카나 중남미에서 온 미등록 외국인들을 돕고, 난민을 돕기도 했습니다. 나는 의사가 되어 국경없는 의사회 같은 비정부 기구에서 일하겠다는 꿈을 갖게 되었습니다. 그래서 지원이와 함께 대학 예비 학교에 진학했고 이모가 결혼을 하면서 혼자 생활하기 시작했습니다.

고1 초여름이었습니다. 친한 친구들과 마드리드에서 한 시간 반 정도 거리에 있는 엘 티엠블로라는 곳에 갔습니다. 그곳이 본가인 친구가 자기 가족들이 한국 사람을 만나 보고 싶어 한다며 나를 초대했습니다. 마드리드의 좁은 아파트에서만 살다가 시골의 오래된 저택에 가니 신기하고 즐거웠습니다. 친구네 집에 짐을 풀고 근처에 있는 산으로 트레킹을 갔습니다. 숲길을 걷다가 짙은 향기에 정신이 어찔해지는 걸 느꼈습니다. 점점 어지러움이 심해지고 속이 울렁거렸습니다. 친구들의 즐거운 기분을 망치고 싶지 않아 참다가 끝내 정신을 잃고 말았습니다. 정신이 들고 보니 친구네 집 거실이었습니다. 의사가 왕진을 와 있었습니다. 어떤 냄새를 맡고 나서부터 속이 울렁거렸다는 말을 듣고 친구네 가족은 무슨 냄새인지를 찾아내려고 머리를 맞댔습니다. 그때 열린 창문으로 그 냄새가 들어왔습니다. 다시 어지러워지고 속이 울렁거렸습니다. 친구네 가족들이 놀란 표정으로 나와 의사를 번갈아 보며 물었습니다.

"선생님, 밤꽃도 알레르기를 일으키나요?"

그 냄새는 가위에 눌렸던 그날 밤, 침대에 떨어져 있던 미끄덩거리는 액체에서 나는 냄새와 같았습니다. 그날이 내 안의 트라우마를 직면하게 된 날이었습니다.

밤꽃 냄새로 나는 거의 5년이 지나도록 잊고 있던 기억을 떠올렸습니다. 그때부터 자주 과호흡이 왔고 불면증이 시작되었습니다. 혼자 정신과를 찾아가 약을 먹으며 버티면서 내 병에 대해 공부했습니다. 그리고 의학이 아닌, 심리학으로 진로를 바꿨습니다. 내 마음의 병을 보살피고 치료하고 싶었습니다.

대학에 진학한 이듬해 여름에 엄마와 동생들이 왔습니다. 영상통화로만 보던 동생들을 공항에서 만난 순간 눈물이 쏟아졌습니다. 그렇게 소중한 존재들을 내게서 빼앗은 당신이 너무너무 증오스러웠습니다. 가족과 함께 여행한 그 시간이 나에게 잊지 못할 소중한 기억이 되었습니다.

여행하면서 엄마에게 물었습니다. 왜 당신과 헤어지지 않고 나를 스페인으로 보냈는지, 왜 당신의 죄를 묻지 않았는지. 엄마가 말했습니다. 그것이 나를 지키고 가정을 지키는 방법이었다고요. 우리를 지키기 위해 당신을 지켜야 한다고도 했습니다. 나는 엄마가 내 편이 아니라는 것을 깨달았습니다. 당신을 지웠듯이 엄마도 지우기로 했습니다. 그러나 당신을 지우는 것보다 엄마를 지우는 것은 더 힘들었습니다. 당신은 내게서 아빠와 엄마를 다 빼앗았습니다. 나는 어려움에 처했을 때, 두려울 때, 병들었을 때 갈 곳이 없어졌습니다.

나의 상처를 아는 친구들은 말합니다. 곁에 지원이가 있고 자신들이 있는데도 왜 가족에 집착을 하느냐고요. 나 자신보다 더 사랑하는 지원이가 있고, 든든한 지원군인 친구들이 있습니다. 그들로 충분합니다. 그러나 가족의 자리를 그들이 대신하지는 못합니다. 나도 친구들과 지원이로 당신들이 준 상처와 배신감이 치유되면 좋겠습니다. 그러나 그렇게 되지 않았습니다. 이미 마음이 병들어 있었기 때문인지도 모릅니다. 너무 오랫동안 내 상처가 방치되어 있었습니다. 나를 살리고 싶어 심리학을 전공했지만 그 학문은 내 안의 어두운 기억을 길어 올리게 했습니다. 그 기억을 마주하는 고통을 견디기가 너무 힘들었습니다. 힘들 때면 술을 마시거나 내마초를 피웠습니다. 대마초는 나를 조이고 있는 과거의 압박으로부터 벗어나게 해 주었습니다. 그러나 그것은 근본적인 대안이 될 수 없다는 걸 알았습니다. 나는 깨어 있을 때도, 누군가를 사랑하고, 공부할 때도 그 기억으로부터 자유롭기를 바랐습니다.

　많은 이들이 사랑하는 사람으로 그 아픈 기억을 떨쳐 낼 수 있다고 말합니다. 사랑하는 사람, 너무나도 소중하고 아까운 사람. 그 사람이 있어서 나는 더 아픕니다. 그 빛나는 사람을 온전히 사랑할 수 없어서, 가시투성이인 이 몸으로는 그 사람을 품어 안을 수 없어서. 그렇다 해도 죽어서 자유롭기 위해 떠나는 것은 아닙니다. 나는 내 죽음으로 말하고 싶습니다. 당신이 내게 한 짓, 그 행동을 가능케 한 세상을 고발합니다.

　나는 당신의 소유물이 아닙니다. 당신과 당신 아내의 사랑의 열매가 아닌, 그냥 이하늘이었습니다. 동생들 역시 그냥 이결, 이숨으로 살게 내버려 두길 원합니다. 내가 이 글을 쓰는 이유는 동생들의 길은 지워지지 않기를 바라기 때문입니다. 나는 세상이 내 편이라는 확신과 희망을 갖지 못했습니다. 좋은 사람들은 적지 않았지만 내가 가장 필요했던 사람들이 곁에 없었습니다. 엄마가 나를 지켜 주지 못했는데 누가 나를 지켜 줄 수 있을까 하는 회의감이 나를 옭아매고 있었습니다. 그래서 타인들의 사랑을 온전히 받을 수 없었습니다. 동생들에게는 그런 상처를 물려주고 싶지 않습니다.

　어른이 된 뒤에 당신의 사랑을 원하던 내 어린 시절이 수치스러웠습니다. 당신의 폭력에 '아니오'라고 강하게 저항하지 못한 내 자신이 부끄러웠습니다. 더럽혀진 내 몸을 사랑하려 노력했지만 사랑할 수 없었습니다.

　나는 아직도 그날 당신의 입에서 나던 술 냄새, 몸에서 났던 향수 냄새와 비슷한 냄새만 맡아도 가슴이 죄어 오고 뇌가 멈추는 것 같습니다. 사랑하는 사람을 온전히, 마음을 다해 사랑할 수 없는 이 장애가 너무 힘들었습니다. 심리 상담을 받아 보았지만 내면의 깊은 고통을 표현하기에 스페인어는 완전한 나의 언어가 아니었습니다. 한국에서도 심리 상담 센터의 문을 두드렸습니다. 모국어라면 내 고통이 좀 더 쉽게 전해질 수 있을 거라 기대했습니다. 그러나 그들의 상상력은 내 고통에 미치지 못했습니다.

이제 그 이름을 말하려 합니다. 나의 아버지는 컨설팅 회사의 대표이고, 대학에서 외래교수이기도 한 이우현입니다. 그는 많은 돈을 기부하고, 진보 정치에 후원을 하는 사람입니다. 한때 전설적인 학생운동가이기도 했다 들었습니다. 선거철이 되거나 사회에 큰 이슈가 있을 때 세상은 종종 그를 불러내 의견을 듣습니다. 그의 전공과 상관없는 정치적 문제와 사회 분석에 대해 묻습니다. 정의롭지 않은 그가 정의의 이름으로 자신의 생각을 말합니다. 내가 침묵한다면 어쩌면 그는 다음 선거 때 비례대표의 앞 번호를 달고 국회에 갈지도 모릅니다. 그는 자신이 정의롭고, 자신만이 세상을 바꿀 수 있다는 확신이 있습니다. 가족은 그의 확신을 공고히 하는 토대입니다. 세상 사람들은 그들을 사회 지도층이라고 부릅니다. 직업이 교수거나 판사, 변호사, 의사라는 이유로 사회 지도층이라는 말을 서슴없이 붙입니다. 그들의 기득권과 한국 사회의 가부장 문화와 전통이 이우현의 공범입니다.

이 편지가 세상에 공개되길 바라지만, 한편으로는 그냥 묻히길 바랍니다.

이 편지가 세상에 공개된다면 내가 사랑하는 사람이 당신과 세상과 싸우기 위해 용기를 낸 것이겠지요. 저는 지금 그들이 부딪쳐야 할 세상이 두렵습니다. 그러나 하늘에서 내가 사랑하는 사람들을 응원하겠습니다. 끝까지.

이미 오래전에 이 고통은 죽기 전에 끝나지 않는다는 걸 알았습니다. 죽음은 두렵습니다. 사랑하는 이와의 이별은 지금도 나의 결심을 흔드는 유혹입니다. 그러나 그 유혹이 살아 있어서 겪는 고통을 이기지 못합니다. 더는 사랑하는 사람의 일상을 고통스럽게 하고 싶지 않습니다.

당신은 내 살갗에, 내 핏줄에, 내 질에 악마의 흔적을 새기고 나를 온전한 사랑을 할 수 없는 사람으로 만들었습니다. 나의 죽음으로 당신을 고발합니다. 나는 당신 스스로 본모습을 드러내고 사과하길 바랍니다. 사람들에게 받는 존경을 내려놓고 자신의 잘못을 고백하길 바랍니다. 그리고 모든 것을 내려놓고 맨몸으로, 빈손으로 스스로 저지른 범죄를 반성하며 살아가길 바랍니다. 비겁하게 숨지 말고, 죽음으로 도망가지 않기를 바랍니다. 나는 죽음으로 도망간 당신을 보고 싶지 않습니다. 당신의 죽음이 나의 죽음을 더럽히지 않기를 바랍니다.

이하늘

결이가 눈을 뜨는 걸 보고 가온이가 다급하게 소리를 쳤다.

"선생님, 깼어요. 결이 깼어요."

간호사가 천천히 다가와 가온이에게 나지막한 목소리로 말했다.

"여기 응급실이에요. 그렇게 큰 소리로 말씀하시면 다른 환자에게 피해가 갑니다."

결이는 가온이가 당황하는 모습을 보고 피식 웃고는, 수액 줄이 꽂힌 팔을 들어 올리며 물었다.

"이건 뭐야?"

"기억 안 나? 너 버스에서 쓰러졌어."

그제야 버스를 타고 가다 갑자기 정신이 아득해졌던 게 생각났다.

"나는 너 죽는 줄 알았어."

간호사한테 말을 들었는지 경미가 응급실로 들어왔다. 결이는 경미를 보며 눈물을 글썽였다. 경미가 결이 머리를 쓸어 주며 말했다.

"의사 선생님이 이 수액 다 맞고 집에 가면 된대. 기분은 어때?"

"괜찮아요. 저 왜 그런 거래요?"

"탈수증에다 영양실조에 전체적으로 몸이 약해져 있대. 작년 겨울보다 나아진 줄 알았더니 여전히 심하대. 의사가 내일 외래로 와서 검사를 제대로 해 보자고 했어."

"괜찮아요. 쉬고 잘 먹으면 돼요."

결이는 지난주 지원이 건네준 하늘이 글을 읽고 나서 가뜩이나 없던 입맛이 사라지고 아예 배고프다는 감각마저 사라져 버렸다. 어떤 음식도 입에 들어가지 않았다. 경미와 가온이 성화에 억지로 먹고 나면 체하거나 설사를 했다.

경미가 병원비를 계산하러 나간 뒤 가온이가 말했다.

"경미 이모랑 엄마 아빠는 너희 집에 연락해야 한다고 하는데 내가 혹시나 해서 말렸어."

"다행이다. 고마워."

"근데, 결아, 너 그 유에스비 때문이지? 도대체 거기에 무슨 이야기가 있는지 나한테 얘기해 줄 수 있어?"

"응. 경미 이모랑 너희 엄마한테도 보여 드릴 거야. 나 혼자는 감당이 안 돼."

카페에는 여전히 손님들이 꽤 많았다. 카운터에 있던 지원이 결이를 보고 컨테이너에 가 있으라고 했다. 결이는 들어가자마자 침대에 누웠다. 경미가 아침저녁으로 전복죽을 끓여 주고 다 먹을 때까지 감시하는 바람에 억지로 먹기는 하지만 여전히 소화가 잘 안 되었다. 밤에는 제대로 잠을 못 자서 낮에 자꾸 졸았다. 지원이 침대에서 하늘이 냄새가 났다. 하늘이는 동물실험을 하지 않는 회사의 향수를 쓴다고 했다. 결이는 둘이 같은 향수를 썼나 보다 생각하다가 잠이 들었다. 얼마나 잤는지 눈을 떠 보니 한밤중이었다. 깜짝 놀라 일어나 앉는데 지원이 다가왔다.

"아까 가온이한테 전화 왔었어. 내가 너 잔다고, 깨면 데리고 가겠다고 했어. 병원까지 갔었다며?"

"네."

"괜찮은 거야?"

"모르겠어요."

"하늘이 일, 결이는 몰랐던 거지?"

"네. 아니요, 어렴풋이 본 것 같아요."

지원이 소스라치게 놀라며 물었다.

"너 유치원 때라며?"

"네. 그게 꿈인지 생시인지 분간이 안 돼서 나중에 엄마한테 물어봤더니 꿈이라고. 그래서 엄마 말을 믿었어요. 그런데 꿈이 아니었던 거예요. 하늘이 언니가 그렇게 힘들었던 이유를 미리 알았더라면, 내가 그걸 제대로 기억했더라면 언니한테 힘이 될 수도 있었을 텐데. 화가 나요. 내가 언니한테 아무런 힘이 되지 못해서. 엄마는 왜 아니라고 했던 걸까요?"

"결이 네 책임 아니야. 엄마는 두려우셨겠지."

"우리 엄마는 너무 자신감이 없는 것 같아요."

"엄마도 피해자인 건 맞으니까. 그렇다 해도 하늘이는 엄

180

마가 자기를 지켜 주지 않은 걸 가장 힘들어했어."

"그랬을 거 같아요. 엄마는 항상 그랬어요. 항상."

결이는 이제까지 누구에게도 하지 않았던 초등학교 6학년 때의 일을 지원에게 털어놓았다.

"언니가 유학 가고 나서 엄마는 숨이랑 나만 집에 있지 않게 했던 것 같아요. 방학 때 엄마 워크숍이 있으면 저희를 데리고 갔어요. 심지어 중1 때도 데리고 갔으니까요. 그때 엄마가 왜 그러는지 모르니까 엄마를 따라다니는 게 엄청 싫었어요. 그날은 왜인지 정확하게 기억이 안 나는데 나 혼자 집에 있을 때 아빠가 왔어요. 명절이어서 다 할머니 집에 있었던 것도 같고. 잘 모르겠어요. 아빠가 들어오는데 술 냄새가 확 나서 얼른 내 방으로 들어갔어요. 그리고 엄마한테 아빠가 왔다고 문자를 했어요. 아빠랑 둘이 있는 게 이상하게 싫었거든요. 엄마가 방문을 잠그고 있으라고 했어요. 그때 이상하다고 생각했어요. 왜 문을 잠그라고 하는 건지. 그래도 문을 잠갔어요. 얼마쯤 있다가 방문 두드리는 소리가 들렸어요. 아빠가 왜 방문을 잠갔느냐고 호통을 쳤어요. 무서워서 얼른 방문을 열었어요. 그랬더니 아빠가 막 화를 내는 거예요. 그러다 울었어요. 우리들이 자기를 소외시킨다고 너무 슬프다면서요. 딸들을 다 잃은 것 같다고요. 그러면 서 너까지 잃으면 못 산다고 저를 안았어요. 너무 세게 안아 서 저도 모르게 아빠를 밀쳤어요. 왜 그랬는지 모르겠어요. 오랫동안 생각했어요. 만약에 내가 아빠라면 엄청 섭섭하 고 화가 났겠구나. 내가 왜 그랬을까. 그날 이후로 아빠랑 사 이가 안 좋아져서 그런 행동을 후회하기도 했어요. 그런데 그날은, 그날은 정말 너무 무서웠어요. 아빠가 제 양팔을 잡 고 노려보며 말했어요. 왜 아빠를 이상한 사람으로 만드느 냐고. 이게 다 엄마 탓이라고. 그러면서 나를 막 흔들었어요. 숨이 멎을 것처럼 무서웠는데 그때 현관문 비밀번호 누르는 소리가 들렸고 엄마가 들어왔어요."

결이는 목소리가 떨리는 걸 느꼈다. 그때의 공포가 되살아 나 온몸이 얼어붙는 것 같았다. 지원이 가져다준 물을 마시 고 심호흡을 한 뒤 겨우 힘을 내 말을 이었다.

"엄마가 와서 그랬어요. 이젠 결이까지 건드릴 거냐고. 분 명히 그렇게 말했어요. 그러니까 아빠가 돌아서서 엄마 뺨 을 때렸어요. 그리고 우리 집이 이렇게 된 게 다 엄마 때문이 라고 하면서 엄마를 방에서 끌어내 거실로 나갔어요. 엄마 와 아빠가 싸우는 소리가 들렸고 엄마의 비명도 들렸어요.

그런데 나는 나가지 못했어요. 바보같이. 진짜 바보같이. 그냥 방바닥에 주저앉아 울기만 했어요. 일어날 힘이 없었어요. 얼마 있다가 현관문이 닫히는 소리가 들렸어요. 그제야 기어서 거실로 나가니 엄마가 쓰러져 있었어요. 이마에서 피가 흐르고 있었고요. 119에 전화를 걸었고 응급 구조대가 집에 왔어요. 엄마는 괜찮다고 아무것도 아니라고 했지만 피가 너무 많이 났어요. 응급 구조사 아저씨가 처치를 하고 엄마를 부축했어요. 응급차에 타서는 엄마더러 누우라고 했어요. 자꾸 앉으려는 엄마를 구조사 아저씨가 억지로 눕혔던 기억이 나요. 그때 숨이는 없었어요. 그러고 보니 명절이 맞는 것 같아요. 숨이는 할머니 집에 있었을 거예요. 응급실에 따라 들어가고 싶었지만 엄마가 들어오지 말라고 했어요. 간호사가 나와서 어른들한테 연락하라고 했는데 떠오르는 사람이 없는 거예요. 왠지 엄마가 일하는 유치원 선생님들한테 하면 안 될 것 같고, 할머니나 고모한테도 하면 안될 것 같았어요. 엄마 친구들 전화번호를 갖고 있지도 않았고요. 겨우 생각난 사람이 엄마 단골 미용실 원장님이었어요. 정말 뜬금없잖아요? 엄마가 다쳤는데 연락할 어른이 없는 거예요. 내 핸드폰에 있는 전화번호 중 엄마를 아는 사람이 원장님밖에 없었어요."

결이가 말을 하다 울음을 터뜨렸다. 지원이 결이 등을 쓰다듬었다.

"그래서 원장님이 와 주셨어?"

"네, 엄마 곁에 있어 줬어요. 원장님이 엄마가 이마를 열네 바늘이나 꿰맸다고 말해 줬어요. 엑스레이를 찍었는데 다행히 뼈는 괜찮다고 했고요. 그 일이 있고 나서 아빠가 더 무서워졌어요. 그때부터 엄마가 불쌍하다고 느꼈어요. 엄마 주위에 엄마 편이 하나도 없는 거예요. 친척들도 다 친가뿐이고, 우리 집에 놀러 오는 사람들도 다 아빠와 관련된 사람이었어요. 엄마는 참 외롭겠구나, 사람들은 아빠가 아주 좋은 사람인 줄 알고 있을 텐데 엄마는 얼마나 힘들까 하는 생각이 들었어요. 그러면서도 우리한테 공부 공부 하는 엄마가 답답했죠. 자주 싸웠어요. 그리고 언니 죽고 나서 엄마가 아빠랑 똑같다고 느꼈어요."

지원이 젖은 목소리로 말했다.

"결이 너무 힘들었겠구나. 하늘이가 늘 걱정했는데."

"언니가 겪은 일에 비하면 아무것도 아니잖아요."

"그렇지 않아. 이젠 힘들었다고 말해도 돼. 참지 말고."

지원은 결이가 울음을 그칠 때까지 기다렸다 말했다.

"오늘 보름이야. 달빛이 좋을 거야. 우리 하늘이한테 가 보자."

오솔길로 접어들자 나뭇잎 사이로 달빛이 비쳤다. 도시에 있을 때는 달빛이 얼마나 환한지 몰랐다. 이렇게 한밤중에 달빛 속을 걷는 것은 처음이었다. 날벌레들이 날아와 뺨과 몸에 부딪쳤지만 이상하게 무서운 기분이 들지 않았다.

"나는 달이 뜰 때마다 여기로 올라와. 아침에도 운동 겸 올라오고. 여기 와서 하늘이한테 말해. 그날 있었던 일, 오늘 할 일 같은 것들. 오늘은 너랑 같이 와서 하늘이가 더 좋아할 것 같아."

"하늘이 언니는 뭘 좋아했어요? 나는 그것도 잘 몰라요."

"하늘이는 좋아하는 게 엄청 많았어."

"다행이네요. 좋은 게 많았던 건. 난 좋은 게 별로 없어요. 한두 가지가 있었던 것도 같은데 그것마저도 이젠 의미가 없게 느껴져요. 언니가 죽고 나서부터."

"무슨 말인지 이해할 것 같아. 나도 그랬거든. 그런데 어느 날 그런 생각이 들었어. 하늘이는 우리가 좋아하던 걸 여전히 사랑하며 살기를 바랄 것 같다고. 그래서 하늘이가 좋아하던 종현의 노래를 듣고, 장필순을 듣고, 디어 클라우드를 듣고 이하이를 들었어. 하늘이는 캐롤 킹, 조안 바에즈 같은 옛날 가수도 좋아했어. 버지니아 울프, 에이드리언 리치, 메리 올리버, 황진이, 허난설헌, 오드리 로드, 토니 모리슨, 루이스 세풀베다의 작품도 좋아했고. 피카소와 고흐, 드가를 좋아했지. 추로스, 그라나다, 플라멩코, 집시, 시에라네바다의 설경, 알바이신 언덕, 하몽, 맥주, 그리고 대마초도."

"대마초요?"

"하늘이가 대마초를 피우기 시작한 건 치료 때문이야. 너무 힘들어했거든. 다른 나라에서는 대마초를 트라우마 치료에 쓰기도 해. 한때는 의존이 심해진 적도 있었지만 치료를 받고 좋아졌고. 스페인에서는 개인이 대마초를 피우는 건 범죄가 아니고, 수익을 목적으로 사고팔 때만 범죄야. 그라나다 산니콜라스 전망대에 있으면 대마초 피우는 사람들을 흔히 볼 수 있어."

"몰랐어요."

"하늘이는 심리치료사가 되고 싶어 했어. 자기가 힘들어봐서 자기보다 힘든 여성들의 좋은 치료자가 될 수 있을 거라고 했지. 단순히 치료자가 아니라 취약한 여성들의 지원자, 연대자로 살고 싶어 했어. 생명, 환경에도 관심이 많았고. 해양생물을 보존하고 돕는 시민 단체 활동에도 관심이 있었고."

"그래서 언니 유골을 돌고래에 담은 거예요?"

"응. 하늘이가 돌고래를 엄청 좋아했거든. 몇 년 전에 한국에 왔을 때 둘이 제주도에 가서 남방큰돌고래를 봤어. 그때 하늘이의 행복한 표정을 잊을 수가 없어."

지원은 와인을 꺼내 따르더니 결이에게도 내밀었다.

"한 모금만 맛 봐. 하늘이가 좋아하던 와인이야."

결이는 망설이다 와인을 한 모금 마셨다. 약간 시고 떫은 맛 뒤로 달콤한 향기가 났다. 두 모금을 마셨는데 갑자기 더워지는 느낌이 들었다. 결이는 잔을 식탁에 놓고 창에 비친 지원을 보았다. 지원은 말없이 와인을 마셨다. 결이가 용기를 내서 물었다.

"언니는 우리 언니 어디가 좋았어요?"

"다. 다 좋았어."

"언니들이 만난 게 열다섯 살이죠?"

"응."

"처음부터 좋았어요?"

"그건 아니야. 내가 여기서 중1까지 다니고 마드리드로 간 거잖아. 우리 엄마가 스페인어가 빨리 늘 거라는 생각에 하늘이랑 같이 놀라고 떠밀었어. 처음엔 어색했는데 점점 좋아지더라. 서로 성격은 다른데 좋아하는 건 비슷했거든. 둘 다 그림을 좋아해서 저녁때마다 박물관에 가서 그림을 봤어. 둘이 골목을 쏘다니며 집 구경도 많이 했어. 내가 건축에 관심이 있었거든. 둘이 바르셀로나에 가서 가우디 주택들을 돌아다녔던 기억이 아직도 생생해."

"언제부터 사랑한다는 걸 알았어요?"

"나는 내 감정을 늦게 깨달았는데 하늘이는 훨씬 전부터 느꼈대. 근데 내가 스트레이트일까 봐 고백을 못 했다고 했어. 친구마저 잃고 싶지 않아서 고백을 못 한 거지. 예비 학교 1학년 때 할머니가 돌아가셔서 한국에 왔는데 열흘 남짓 떨어져 있는 그 시간이 너무 길게 느껴졌어. 하늘이가 너무 보고 싶어서. 그제야 내 감정을 알았지. 그래서 고백은 내가 먼저 했어. 하늘이가 눈물을 뚝뚝 떨어뜨리던 모습이 눈에 선하다."

"왜 울었어요?"

"너무 좋아서? 그때까지 자기감정을 꾹꾹 누르고 있느라 엄청 힘들었던 거지. 그 뒤로는 내가 더 하늘이를 좋아했던 것 같아."

"언니도 많이 힘들었죠?"

"나는 아직도 하늘이가 없다는 게 믿어지지 않아. 하늘이가 그냥 긴 여행을 떠난 것 같아. 어디선가 영상통화를 걸어올 것 같고, 며칠만 있으면 곧 만날 수 있을 것 같아."

"난 그런 느낌이 잘 안 들어요. 그냥 처음부터 언니의 빈자리가 너무 크게 느껴졌어요."

"나는 항상 붙어 있었으니까. 대학 때는 떨어져 있었지만 방학 때는 내가 가거나 걔가 왔고. 날마다 영상통화를 했거든. 하늘이 부고를 듣자마자 비행기 예약을 했는데, 그때도 실감이 난 건 아니야. 근데 비행기에 홀로 앉았는데 눈물이 쏟아지더라고. 내가 이렇게 비행기를 타고 가도 하늘이를 만날 수 없는 거구나 하는 생각에. 그러면서 너희 식구들이 하늘이의 장례식에 함께 가지 않는 게 이해가 되지 않았어. 도대체 왜? 하늘이를 죽음에 이르게 한 것이 너희 가족이라는 걸 알고 있었던 터라 정말 치가 떨렸어."

"미안해요."

"네가 뭐가 미안해?"

"우리 가족이잖아요."

"네가 미안할 일이 아니야. 절대로."

"혹시 언니 마지막 모습은 봤어요?"

"응. 다행히 화장장으로 가기 전에 도착했어. 스페인에서는 화장이나 매장을 하기 전에 시신을 관에 눕히고 유리판을 덮어서 가족과 지인들이 볼 수 있게 해 주거든. 스페인은 더운 지방이 많고 이슬람 영향도 있어서 우리나라처럼 장례식이 2박 3일씩 되지 않아. 이모랑 친구들한테 부탁을 해 놓긴 했지만 조마조마했지. 도착해서 보니 관 속에 누운 하늘이가 너무 추워 보였어. 추위를 엄청 타는 앤데, 민소매로 된 하늘색 시폰 원피스를 입고 있는 거야. 너무 추워 보여서 스웨터를 입혀 주고 싶었어. 그런데 하늘이가 친구한테 예약 문자를 보내서 꼭 그 원피스를 입혀 달라고 했대. 그 옷이 나랑 하늘이가 언약식 할 때 입었던 거거든."

"언약식이요?"

"응."

지원이 왼손 약지에 있는 반지를 내려다보았다. 짙은 푸른색 사파이어가 박힌 반지였다.

"사파이어가 하늘을 상징해. 언약식 때 나는 사파이어, 하늘이는 에메랄드 반지를 나눠 꼈어. 에메랄드는 마음을 정화해 준다고 하더라고. 우울증을 치료해 준다고. 전나무 아래에다 하늘이 유골함 묻을 때 반지도 같이 묻었어."

지원이 눈에 다시 눈물이 고였다.

"하늘이가 떠난 곳은 알바이신 언덕에 있는 게스트하우스였어. 작년 봄에 우리 둘이 한 달 동안 머물렀던 곳이야. 친구는 하늘이가 부탁한 대로 원피스를 입히고, 머리에 서양양귀비꽃으로 장식한 화관을 씌워 주고 목에도 꽃으로 만든 목걸이를 해 주었어. 하늘이는 내게 행복한 모습을 보여 주고 싶었던 거 같아. 친구들은 하늘이를 거기에 있는 공동묘지에 두자고 했어. 자기들이 거기 있으니까 자주 가서 볼 거라고. 친한 애들은 하늘이에 대해 얼추 다 알고 있었으니까 한국에 보내지 말자고 했어. 그렇지만 나는 한국에다 뿌려 주고 싶었어. 내가 자주 가 볼 수 있는 곳에다가. 그리고 나중에라도 너희 엄마 아빠가 하늘이에게 미안한 마음이 들면 와서 만나 볼 수 있게."

지원은 결이를 한참 바라보다 조심스럽게 덧붙였다.

"결아, 나 너희 아빠를 고발할 생각이야."

결이 눈이 휘둥그레졌다.

"고발이요? 그게 가능해요?"

"응. 친고죄가 폐지돼서 당사자가 아닌 다른 사람이 고발할 수 있어. 친족성범죄는 성인이 된 시점부터 10년간 공소권이 남아 있대. 그렇지만 안타깝게도 하늘이는 죽어서 피해자가 없는 거니까 법적인 효력은 없지. 나는 법에다 하려는 게 아니야. 하늘이는 죽었는데 하늘이를 죽게 한 사람은 아무렇지도 않게 존경을 받으며 사는 걸 보는 게 억울해. 하늘이의 죽음을 알리고 싶어. 하늘이란 친구가 존재했다는 것을. 살기 위해 그렇게 애쓴 친구가 왜 죽어야 했는지를."

"어떻게요?"

"아직 몰라. 여러 가지 길을 찾아보려고. 그렇게 죽어 간 사람이 하늘이만이 아닐 텐데 다 잊히잖아. 한국에 온 뒤에 온라인 커뮤니티에 가입했어. 하늘이처럼 친족에게 성폭행을 당한 사람들이 모인 곳도 있더라고. 거기서 하늘이 이야기를 했는데 비슷한 일을 당한 분들이 있는 거야. 그 억울한 죽음들을 기억해야 하잖아. 세상이 알아야 하잖아. 그래서 로스쿨에 가려고. 피해자들이 경제적 능력이 없는 경우가 많으니까 국선 변호사를 선임한대. 피해자의 입장에서 제대로 변호를 해 주는 사람을 만나기가 너무 어려운데, 가해자들은 힘 있고 돈 있어서 능력 있는 변호사를 선임한다는 거야. 그냥 꼭 하늘이 일이 아니더라도, 내가 뭔가 할 수 있는 일이 있을 것 같아서."

그 말에 결이 심장이 두근거리기 시작했다.

10
뿌리가 큰 상처를 입지 않도록

사랑하는 지원에게

지원아, 네 이름만 불러도 입가에 웃음이 번져. 널 생각하면 항상 고맙다는 말밖에 할 수가 없어. 나는 네 덕분에 사랑이라는 걸 알게 되었어. 내 안의 구멍이 너무 커서 그런 너의 사랑을 담지 못했어. 그렇지만 너와 함께한 시간이 내 삶에서 가장 의미 있었어. 그 시간이 내 생애에서 가장 아름답고 행복했어.

너를 만나서 내게도 언어가 있다는 걸 깨달았어. 너와 이야기를 나누며 말이 주는 위로와 힘을 알았지. 그러나 지금 나는 너에게 내 이야기를, 그 끔찍한 이야기를 털어놓았던 걸 후회해. 내가 살려고 너에게 고통을 준 것 같아서. 너는 몰라도 되었을 이야기를 나 때문에 알게 된 것 같아서. 나의 사랑이 네 가슴에 상처를 낸 것 같아서. 그래서 차라리 널 만나지 않았더라면 좋았겠다고 생각하기도 했어.

네가 그랬지? 너를 생각해서라도 죽지 말고 살아남아 달라고. 나도 그러고 싶어. 그런데 이 고통이 끝날 것 같지가 않아. 너도 이런 나를 점점 감당하기 힘들어질 거야. 너한테만큼은 필요한 사람이 되고 싶었는데 나는 네 앞에서도 온전히 설 수가 없어. 나는 너와 함께하는 모든 순간에도 늘 끝을 생각했어. 그 행복이 영원하지 않을 걸 알기 때문에. 네가 나한테 자주 불러 주었던 〈사라지지 말아요〉를 되풀이해서 들었어. 너의 그 간절한 노래가 나를 아프게 해.

지원아, 지금 이 순간이 두렵지 않아. 내가 두려운 건 나 때문에 네가 받을 상처뿐. 그리고 소중한 내 동생 결이와 숨이를 그들 곁에 남기고 가는 게 미안해. 정말 이기적인 부탁인데 네가 내 동생들을 들여다봐 줄래? 아주 가끔만. 숨이가 대학생이 될 때까지만. 나 참 이기적이지? 상담사는 이제 과거로부터 벗어나 내 삶을 살라고 말해. 그런데 그게 마음대로 되지 않아. 사람들은 알까? 숨을 쉬는 것도 고통이라는 것을.

지원아, 현재에 있지 못하고 자꾸 과거로 가는 나를 견딜 수가 없어. 과거의 힘이 너무 강해 나는 자꾸 그때로 빨려 들어가고 말아. 너는 앞으로 가야 하는데 내가 자꾸 네 발목을 잡고 있는 것 같아. 나의 슬픔과 공포와 고통이 너까지 힘들게 하는 거야. 너도 알다시피 나는 아주 작은 자극, 아주 작은 단서에도 두려움에 떨어. 내 몸에 새겨진 불행의 기억을 아무리 노력해도 지울 수가 없어. 더는 '작은 숨도 내뱉을 수 없는' 하루하루를 살고 싶지 않아.

우리가 그라나다에 있을 때 산니콜라스 전망대에서 대마초를 피우던 것 기억나니? 대마초가 그 고통스러운 기억으로부터 나를 놓아 주기를 바랐어. 그래서 네가 걱정할 정도로 대마초에 의존하기도 했어. 그러나 언제까지 그 연기 속에서 살 수는 없잖아. 대마초를 피우면 아주 어렸을 때 외할머니가 쑥을 태워 줬던 기억이 나. 모기가 오지 않게 막아 주던 것처럼 그 연기와 향기가 내 머릿속의 팽팽한 기억들을 좀 느슨하게 풀어 줄 것을 기대했지만 소용이 없었어. 생각해 보면 쑥 향기가 아니라 외할머니의 품이 나의 안식이었어. 나한테 그런 품이 계속 있었다면 나는 덜 망가졌을까? 할머니와 아빠는 내가 외갓집에 다녀온 걸 귀신 같이 알아챘어. 그들은 그 집에서 나는 가난의 냄새를 기가 막히게 맡았어. 그래서 엄마는 외갓집에만 갔다 오면 내 옷을 빨았어. 엄마에게는 그 가난의 냄새가 약점이었을까? 그래서 그 냄새를 멀리하고 싶었던 걸까? 엄마는 내게서 자신의 치부를, 거짓과 폭력을 보았겠지. 그래서 마주하고 싶지 않았던 거야.

엄마는 단 한순간이라도 온전한 자기로 살아 본 적이 있을까? 단 한순간이라도 행복한 적이 있을까? 엄마는 왜 그런 삶을 선택한 걸까? 엄마는 왜 날 지켜 주지 않은 걸까? 엄마는 왜 날 이리로 치우듯이 떠나보낼 수밖에 없었을까? 끊임없이 생기는 질문에 대한 답을 찾을 수가 없어. 나는 엄마처럼 살고 싶지 않아. 그리고 너도 나처럼 불행하게 살게 하고 싶지 않아. 나랑 있으면 너도 불행해질 거야.

내게 새겨진 상처가 너무 깊어서 지워지지가 않아. 상처에 생긴 딱지가 꾸덕꾸덕 마르면 기대를 하지. 이 딱지가 떨어지면 새 살이 돋겠구나. 그런데 새 살이 돋기도 전에 딱지가 떨어져서 다시 진물이 나고 곪아. 그걸 멈춰야겠어. 네 말대로 그 사람이 저지른 일을 세상에 드러내고, 법적으로 처벌할 길을 찾는다면 내 마음이 나아질까? 그렇지 않아. 그리고 지금 나는 그 싸움을 할 힘이 없어. 그래서 죽음으로라도 그 일을 끝내고 싶어.

지원아, 나는 떠나도 너는 꼭 살아. 반드시 살아서 행복해져야 해. 나처럼 상처가 많은 사람이 아니라 귀하게 존중받고 사랑받고 자란 사람을 만나서, 너도 그렇게 존중받고, 사랑받고 살기를 기도할게.

사랑해.

PS. 내 유서는 꼭 결이에게 전해 줘. 결이에게 방패와 칼이 필요할 때 요긴하게 쓸 수 있으면 좋겠어.

지원이 후포항 근처의 카페에 도착하기 전, 경미가 먼저 와 있었다. 카페 통유리 너머로 석모도와 외포항, 멀리 지원이 하는 카페, 그 아래의 작은 포구까지 보였다. 경미는 그 카페의 대표 메뉴라는 당근케이크와 음료를 가져왔다. 둘은 서로 한참 동안 눈치를 보며 음료만 마셨다. 마침 카페 아래 항구로 새우젓 배가 도착했다. 선원 둘이 배를 선착장에 고정시키는 작업을 하는 동안 다른 어부들이 파란색 플라스틱 통에 가득 담긴 새우를 비닐을 깐 갑판 위에 그대로 쏟아부었다. 분홍빛 젓새우가 수북이 쌓이자 그 위로 소금을 부었다. 그리고 플라스틱 삽으로 새우와 소금을 섞었다. 머리가 희끗희끗한 초로의 남자들 두엇을 빼고는 모두 이주노동자들로 보였다.

"한국에도 정말 이주노동자가 많네요. 얼마 전 할아버지네 농장 돼지를 살처분하러 온 사람들도 다 이주노동자들이었대요. 한국에서도 힘든 일은 다 외국에서 온 노동자들이 하나 봐요."

"할아버지가 돼지 농장을 하신다고 했죠?"

"네, 이번에 다 살처분했어요. 할아버지 농장 돼지들은 아직 돼지열병에 걸리지 않았는데 강화에 있는 돼지들은 다 죽이라고 했대요. 할아버지는 축산업을 정리하겠다고 하세요."

"그러실 만도 하겠네."

"네. 죽이는 것이 아무렇지도 않은 일이 된 세상인 것 같아요."

"그렇죠. 그래서 나는 어떤 존재도 쉽게 죽지 않는 세상을 꿈꿔요. 철부지처럼."

지원은 경미를 바라보며 희미하게 웃었다.

"철이 없는 사람이 많아지면 좋겠어요."

지원은 다시 항구 쪽으로 눈을 돌려 한참 동안 어부들의 작업을 바라보았다.

"저는 한국에 이주민이 이렇게 많은지 몰랐어요. 스페인도 마찬가지예요. 스페인에서 학교를 다니면서 이주민이 제 정체성이 됐어요. 때로는 난민이기도 했죠. 하늘이는 부유하는 자신의 정체성이 나쁘지 않다고 했어요. 그게 하늘이의 감수성을 더 예민하게 했던 것 같아요. 하늘이가 노래를 많이 만들었거든요. 소설도 여러 편 쓰고. 제가 그걸 가지고 있어야 했는데……. 하늘이가 다 지우고 갔어요. 전부 다. 하늘이는 자기가 살았다는 흔적마저 없애고 싶었나 봐요. 그런데 저는 하늘이 말을 따르고 싶지 않아요. 하늘이의 존재를 알리고 싶어요. 하늘이가 얼마나 살기 위해 애썼는지, 그런데 왜 죽어야만 했는지를 사람들에게 알리고 싶어요."

"그래야죠. 당연히 그래야죠."

"네. 저는 하늘이가 너무 아깝고 안타까워요. 하늘이 떠나고 몇 달은 하늘이를 지키지 못한 어른들과 세상이 다 증오스러웠어요. 하늘이 아빠는 죽이고 싶도록 미웠고, 하늘이 엄마도 마찬가지였어요. 내가 이런데 하늘이는 어땠을까요?

차라리 나처럼 증오하고 미워하는 마음이면 단순했을 텐데 자신에게 폭력을 가하고, 그것을 방치한 존재가 아버지고 어머니잖아요."

어느새 붉은빛이었던 하늘이 보랏빛으로 변해 가고 있었다. 석모도 뒤로 숨은 해가 남기고 간 빛이 하늘과 바다 사이에 엷게 남았다가 점점 흐려졌다. 그때 흰뺨검둥오리 떼가 나타나 갯벌 위로 내려앉았다. 지원은 문득 삶과 죽음의 경계가 있다면 이런 순간일 거라고 생각했다. 섬 뒤로 사라진 해의 잔상이 만들어 내는 신비로운 빛과 시간이 멈춘 찰나의 순간. 이승과 저승이 만나는 순간. 마치 지금이 그런 순간처럼 느껴졌다. 지원은 하늘이가 이 순간 여기에서 함께한다는 느낌을 받았다.

"결이는 어때요? 괜찮을까요? 유서를 괜히 보여 준 건 아닌지 걱정이 돼요."

"혼란스럽기는 하겠지만 언젠가는 마주해야 할 일이었다고 생각해요. 다만 나는 지원 씨가 서두르지 않았으면 좋겠어요."

"서두르다니요? 지금도 충분히 늦었어요."

경미는 거슬러진 지원의 말투에 잠시 망설이다 물었다.

"혹시 결이가 우리 집에서 살게 된 이유를 말하던가요?"

"아니요."

"작년 가을, 그러니까 하늘 씨가 떠나고 얼마 지나지 않아서 결이가 기숙사에서 자살을 시도했어요. 다행히 가온이가 발견해서 미수에 그쳤지만 그 뒤로도 결이는 몹시 불안하고 위태로웠어요. 나중에야 알았지만 전에도 자해를 했었나 봐요. 그전에는 가온이가 모르는 척했는데 자살을 시도하고 나서 제게 말했어요. 결이가 다시 일을 벌일까 겁이 나서 가온이도 잠을 제대로 자지 못했거든요. 그리고 2학년 기말고사 첫날 결이가 무너졌어요. 더는 그대로 두면 안 될 것 같아서 제가 결이한테 우리 집에서 같이 지내자고 한 거예요."

지원은 가슴이 덜컹 내려앉는 것 같았다.

"몰랐어요. 정말 몰랐어요. 지금은요? 괜찮은 거예요?"

"괜찮다고 말할 수는 없지만 이번 일을 보면 아주 잘 넘기고 있는 것 같아요."

"다행이네요."

"그래서 천천히 하자고 하는 거예요. 결이 안에 좀 더 힘이 생길 때까지."

지원은 하늘이가 아끼던 결이에게 늘 마음이 쓰였다. 결이가 강화에 있는 고등학교에 다닌다는 것을 알고 있었던 터라 여러 번 연락을 하고 싶었다. 그러나 하늘이의 부고를 듣고도 냉랭하던 하늘이 엄마 아빠를 떠올리면 몸서리났다. 결이를 카페에서 우연히 만났을 때 운명이라고 생각했다. 걱정했던 것보다 안정돼 보여 안심했다. 하늘이의 유서를 보여 줄 용기를 낸 것도 그 때문이었다.

"결이가 마음을 열기 시작한 지 얼마 안 돼요."

"아무래도 유서를 보여 주지 말았어야 했나 봐요."

"그건 아니에요. 오히려 자기를 혼란스럽게 하던 퍼즐의 빈 조각들을 찾은 셈이니까요. 아직은 많이 힘들 거예요. 우리가 결이를 도와야죠."

지원은 경미가 믿을 만한 사람이라는 생각이 들었다. 그래서 카페에 들어오기 전부터 잔뜩 힘이 들어갔던 몸이 조금씩 부드러워졌다.

"성폭력이 얼마나 흔한 일인지 사람들이 잘 몰라요. 그게 성폭력인지 자각도 못 하고 지나가는 일도 많죠. 저도 그랬어요. 내 문제 때문에 상담 공부를 시작했으면서도 정작 가부장제나 남성과 여성의 위계와 차별에 대한 자각은 깊지 않았어요. 그래서 제 또래들은 진짜 자기 모습을 찾는 데 더 많은 시간이 필요했던 것 같아요. 그렇지만 지원 씨와 결이, 가온이 세대는 다르다고 생각해요."

"진짜 다른지는 모르지만 달라야 한다고 생각해요. 그래서 하늘이의 죽음을 그냥 덮고 싶지 않아요. 로스쿨을 생각하고 있어요. 제가 로스쿨에 진학을 할 수 있을지, 졸업하고 시험에 합격은 할 수 있을지 모든 게 불확실하지만 시작해 보려고요. 그게 하늘이를 살아 있게 하는 일이고 결이와 숨이를 지켜 주는 일이라는 생각을 해요. 하늘이가 늘 동생들 걱정을 했어요. 하늘이를 안심시켜 주고 싶어요."

"저도 그래야 한다고 생각해요. 그래서 서두르지 않으면 좋겠어요. 결이에게는 좀 더 시간이 필요해요. 작년 여름에 폭염 기억하죠? 여긴 가뭄이 심했어요. 그때 저 큰길에 심은 은행나무들이 말라 갔어요. 몇 년 전 길을 넓히며 새로 심은 어린나무였거든요. 그나마 수령이 오래된 나무들은 가뭄을 버티더라고요. 그런데 어린나무들은 7, 8월부터 나뭇잎이 노랗게 변하는 거예요. 나무 기둥도 빼빼 마르고. 그 뒤로 비가 제법 왔는데도 회복이 안 됐어요. 올봄에도 잎을 제대로 달지 못하더라고요. 긴 가뭄에 뿌리를 다친 것 같아요. 어린나무를 홀로 방치한 걸 후회했어요. 뿌리가 큰 상처를

입지 않도록 도와야 했는데 말이에요. 저도 이제 더는 죽지
않으면 좋겠어요. 그게 누구든."

"네, 저도 할 수 있을 만큼 할게요."

"지원 씨, 결이 엄마랑 잘 알아요?"

"잘 아는 건 아니지만……."

"지원 씨가 결이 엄마를 만나 볼 수 있을까요?"

지원의 얼굴이 딱딱하게 굳었다.

"유서 보셨잖아요. 하늘이한테 엄마는 아빠와 다름없어
요. 장례식에도 오지 않은 분이에요."

"못 가신 거겠죠."

"결과는 다르지 않아요."

"아니요. 안 간 거랑 못 간 건 달라요. 하늘 씨가 그렇게
힘들었던 건 아빠뿐 아니라 엄마마저 자신을 지켜 주지 않
았다는 배신감 때문이잖아요. 결이도 언니를 지켜 주지 않
은 엄마한테 아주 많이 화가 나 있어요. 그렇지만 가까이에
서 엄마의 고통을 지켜봤기 때문에 하늘 씨와는 또 다른 감
정인 것 같아요. 그러면서 엄마가 자기와 숨이만큼은 지켜
줬으면, 자기들 편이었으면 하는 기대가 있어요. 그래서 저희
는 결이 엄마의 태도가 바뀔 수 있는 길이 없을까 고민하고

있어요."

"저는 결이 엄마한테 기대하지 않아요."

"무슨 말인지는 알아요. 하지만 결이한테는 필요하죠. 지원 씨가 내키지 않으면 결이 엄마한테는 저희가 계속 연락해 볼게요."

지원이 고개를 저었다.

"소용없을 거예요. 하늘이가 내는 구조 신호를 계속 무시한 사람이에요. 엄마가 어쩌면 그렇게 모질 수 있죠? 정말 이해할 수 없어요."

지원은 또다시 목이 메었다. 경미가 지원에게 손을 내밀었다.

"지원 씨, 결이 엄마가 끝내 결이 손을 잡지 않는다면 우리가 잡아 주면 돼요. 우리가 결이를 지켜 주면 돼요. 그렇지만 일단 우리 같이 길을 찾아봐요. 하늘 씨의 길을 되살리고, 결이와 숨이, 그리고 가온이가 자기 길을 찾을 수 있을 때까지요."

11
가면을 벗을 용기

2016년 8월 30일

날짜를 8월 29일이라고 쓰려다 30일이라고 고쳐 쓴다. 30분 전 8월 30일이 되었으니까. 여름의 끝이다. 언니가 있는 곳은 아직 8월 29일 오후다. 언니는 앱으로 라디오를 듣고 있고 나는 지금 생방송으로 라디오를 듣는다.

디제이는 오늘 '고독'이라는 단어에 대해 이야기했다. 고독이 보통은 자기 의지와 무관하게 찾아들지만 스스로 그 고독을 즐기는 사람도 있다고 했다. 그런 사람은 사회와 연결된 끈을 풀어놓고 온전히 자기 자신과 만나는 고독한 시간을 즐기는 것 같다고 했고 나는 공감하지 못했다. 그런데 언니는 오늘 디제이가 한 말이 마치 자기가 한 말처럼 느껴졌다고 했다. 가만 보면 언니는 참 예민하고 여리다. 예술가 같다. 그래서 아빠가 언니를 좋아했다는 할머니 말이 떠올랐다.

나도 마음에 드는 말이 있긴 했다. '외로움을 느낀다는 건 그만큼 존재의 소중함을 깨달아 가는 것일 테고 그렇기에 서로에게 더 신중해질 수도 있을 거'라는 말이었다. 언니는 디제이가 '어서 와, 오늘도 기다렸어.'라는 멘트를 할 때마다 마음이 따뜻해지고 눈시울이 뜨거워진다고 했다. 언니는 어떤 날은 하루 종일 라디오를 기다린다고도 했다. 라디오를 듣는 순간 어쩌면 나와 지원 언니도 같은 방송을 듣고 있을 거라는 생각에 외롭지 않다고. 오늘도 라디오 오프닝을 들으면서 눈물을 흘렸다고 했다. 가끔 라디오에서 흘러나오는 디제이의 목소리에서 쓸쓸함을 감추는 것 같은 느낌이 들 때가 있는데 나는 언니와 통화할 때마다 그런 느낌을 받는다.

언니를 만나고 온 지 1년 하고 한 달이 다 되어 간다. 아직도 눈을 감으면 차를 타고 지나던 올리브 농장이랑 밀 농장이 떠오른다. 언니랑 풍차 아래 식당에서 먹던 오징어튀김도 생각나고, 오렌지 맛 환타도 그립다. 언니가 유학 간 뒤 그렇게 오래 같이 있어 본 게 처음이었다. 그동안 언니는 방학 때도 집에 오려고 하지 않았다. 엄마와 아빠 역시 언니더러 오라고 채근하지 않았다. 어렸을 땐 그게 그다지 이상하지 않았는데, 요즘은 그게 평범하지 않은 일이라는 생각이 든다.

마드리드 공항에서 헤어질 때 언니가 울던 모습이 자꾸 떠오른다. 원래는 외고에 가서 스페인어를 전공한 다음 대학은 마드리드로 갈 생각이었는데, 엄마는 나랑 숨이는 미국 대학을 가야 한다고 압박한다.

엄마는 좋은 대학에 가야 하는 게 나를 위한 거라고 말하지만, 내가 느끼기엔 엄마 때문인 것 같다. 할머니는 옛날 사람이라 남녀 차별이 심하다. 엄마가 딸만 낳았다고 은근히 구박하고, 아빠를 세상에서 제일 잘난 아들인 것처럼 대한다. 우리 언니랑 동갑인 큰고모네 아들이 작년에 조지아공대에 가고, 우리 언니는 마드리드대학에 갔는데 큰고모네 아들만 엄청 좋은 대학을 간 것처럼 자랑하고, 언니는 탐탁하지 않게 말했다. 그럴 때마다 엄마 얼굴이 안 좋다. 할머니가 고모네 언니 오빠 들 얘기하는 게 듣기 싫다. 나도 이를 악물고 뭔가 보여 주고 싶은 마음도 든다. 엄마는 한국에서 대학을 가려면 의대를 가고, 아니면 유학을 가라고 한다.

언니한테 내 고민을 말했더니 언니가 그랬다.

"결아, 너 중3이야. 왜 벌써 대학 걱정을 해. 그냥 너 좋아하는 거 해. 넌 아이돌 안 좋아해? 친구들이랑 놀아. 노래방도 가고, 놀이공원에도 가고, 팬 미팅 같은 것도 가고."

문제는 그런 것들이 재미없다는 거다. 어쩌면 나도 고독을 즐기는 걸까? 언니는 나더러 절대로 누군가의 말에 의해 움직이는 인형이 되지 말라고 했다. 정말 내가 하고 싶은 것, 좋아하는 것만 생각하라고. 그런데 나는 아무리 생각해도 좋아하는 것, 되고 싶은 것 이런 게 특별히 없다. 그러면 나는 목표도 없는 한심한 인간인 걸까? 꼭 미래를 꿈꾸고, 성공을 꿈꿔야만 하는 걸까? 가족이 화목하고 마음이 통하는 친구를 갖고 싶은 꿈은 한심한 걸까? 아무리 진지하게 고민을 해도 내가 원하는 건 우리 가족이 서로 마주 보고 이야기를 나누며 지내는 거다. 그리고 학교에서 쉬는 시간에 같이 매점에 가고, 점심을 먹고, 방과 후에 같은 학원 버스를 타고 수다를 마음껏 떠는 친구를 갖는 거다. 내게는 아직 그렇게 마음이 맞는 친구가 없다. 그래서 나는 친구가 필요하지 않은 아이처럼, 아무에게도 관심 없는 것처럼 가면을 쓴다. 아이들은 이런 내가 진짜 나인 줄 안다. 어쩌면 나를 가장 슬프게 하는 것은 그것인지 모른다. 아무도 진짜 나를 모르는 것.

결이가 교대 면접을 보고 카페에 들어가니 소연이 맨 구석 자리에 앉아 꾸벅꾸벅 졸고 있었다. 남편과 나이 차이가 많은 탓에 소연은 늘 남편에게 맞춰 옷을 입었다. 그래서 나이가 더 들어 보였다. 그런데 이제는 진짜로 눈가에 주름이 생기고 화장으로도 기미 자국이 지워지지 않았다.

진주역에 와서 소연이 열차 좌석을 특실로 업그레이드하러 간 동안 결이는 광장을 거닐었다. 주변에 아무것도 없고 텅 빈 광장에 커다란 맞배지붕을 이고 있는 역사만 덩그러니 있는 진주역은 작년 1월 하늘이와 갔던 전주역을 떠올리게 했다. 전주 여행에서 하늘이는 가족과 떨어지게 된 뒤로 마음에 생긴 구멍이 점점 더 넓고 깊어진다고 했다.

"참 희한해. 이게 뇌에서 벌어지는 일이라는 걸 누구보다 잘 아는데도 그 구멍이 심장 한가운데에 있는 것 같은 느낌이 들어."

지원의 대학 졸업식에 참석하기 위해 일주일 짧은 일정으로 한국에 왔던 하늘이는 결이와 전주 여행을 한 뒤 곧장 마드리드로 돌아갔다. 소연은 하늘이 자기를 만나지 않고 간 것이 서운한 듯했지만 하늘이는 엄마를 보면 마음의 구멍이 더 커질 것 같다고 했다.

"시내에서 좀 더 있다가 올 걸 그랬네. 여긴 진짜 카페 하나 없다. 역 로비에 앉을 자리도 없고. 한 시간 반이나 남았는데 피곤하지 않아?"

소연이 역 밖으로 나오며 말했다.

"괜찮아."

소연이 철제 의자에 걸터앉으며 말을 이었다.

"진주교대, 소박하고 좋더라. 근데 갑자기 왜 교대야? 너 그동안 교대 얘기한 적 없었잖아."

"그냥, 선생님도 괜찮을 것 같아서."

수능 가채점 결과로는 교대에 합격하지 못할 가능성이 높았다. 결이는 이미 재수를 생각하고 있었다. 그런데 결이 속을 모르는 소연이 진주로 면접을 간다고 하자 같이 가겠다고 나섰다.

"딸이 고3인데 엄마가 신경을 못 써서 연가 냈어."

뜻밖이었다. 한편으로는 언니 유서를 전달할 좋은 기회일 것 같았다.

"엄마 있잖아. 나, 떨어질 확률이 높아. 수능 성적도 그렇고. 그래서 재수하려고."

결이 말에 소연의 눈빛이 흔들렸다.

"작년 기말을 망쳐서 그렇지?"

"그것도 있고. 재수하면서 정신과 치료도 받고 상담도 하고 그러려고."

"엄마 생각엔 너 지금 안정되어 보여. 꼭 그럴 필요는 없을 것 같은데?"

"좋아지고 있는 건 맞아. 그렇지만 계속 치료받아야 한다고 했어. 엄마, 나 많이 아팠어. 마음이 내 맘대로 안 됐어. 중학교 때부터 작년 겨울까지 자해를 했어. 그러면서까지 공부를 하려고 했어. 엄마 아빠한테 인정받고 싶고, 할머니한테 무시당하고 싶지 않고. 고모들이랑 사촌 언니, 오빠 들한테도 좋은 대학 들어가서 당당해지고 싶었어. 그런데 그게 마음대로 안 됐어. 언니가 그렇게 떠나고 나서는 더."

결이는 목이 메어 더 말을 잇지 못했다. 소연은 눈시울이 뜨거워지는 것을 느끼고 얼른 결이 눈을 피했다.

"엄마, 언니가 죽었는데 왜 그라나다로 가지 않았어? 왜 언니 유골을 받는 것도 거부했어? 난 아무리 이해하려고 해도 이해가 안 돼. 이해가 안 되는 게 그것만이 아니야. 도대체 왜 언니를 그렇게 일찍 유학 보낸 거야?"

소연은 한참을 침묵하고 있다가 거친 목소리로 말했다.

213

"하늘이를 위해서였어."

"진짜 언니를 위하는 길이라고 생각했어? 유학이?"

소연이 고개를 들어 결이를 바라보았다. 결이는 소연의 눈빛에서 의심과 노여움을 느꼈다.

"엄마는 열네 살 아이가 그 낯선 곳에서 혼자 얼마나 힘들었을지 상상이나 해 봤어?"

"혼자 아니었어. 네 이모가 있었어."

"그래서 언니가 진짜 괜찮았다고 생각해?"

결이는 흔들리는 소연의 눈길을 피한 채 파일을 내밀었다.

"이게 뭐야?"

"언니 유서."

소연이 놀라서 파일을 받았다.

"무슨 말이야?"

"언니가 죽기 전에 지원이 언니한테 보냈던 거래."

"그런데 왜 이제……."

소연의 손이 떨렸다. 결이는 소연이 읽기 시작하는 것을 보고 역 안으로 들어와 커피와 간단한 간식거리를 샀다. 다 읽었을 텐데도 소연은 자리에서 일어나지 않았다. 결이가 광장으로 나가려는 순간 서울행 열차가 곧 출발한다는 방송이 흘러나왔다. 다행히 소연이 힘겹게 일어났다.

진주역을 출발한 열차는 여러 번 정차를 한 뒤에야 제 속도를 냈다. 소연은 계속 눈물을 훔치고 있었다. 그런데 희한하게 그런 엄마를 두고 결이는 자꾸 잠이 쏟아졌다. 광명역에 곧 도착한다는 방송을 듣고 나서야 눈을 떴다. 열차에서 내려 주차장으로 가는 길에 소연이 비척거렸다.

"엄마, 우리 저기 빵집에 들어가서 뭐라고 먹고 가자. 괜찮은 거야? 어지러워?"

소연은 오래전부터 어지럼증과 위염을 앓고 있었다. 한번 어지럼증이 시작되면 고개를 들지 못했고 어지럼증이 가라앉고 나면 항상 위염이 도졌다. 여러 번 뇌 영상 촬영을 하고, 위내시경을 했지만 특별한 이상은 없고 늘 신경과민이라고 했다. 결이는 유자차와 소연이 좋아하는 슈크림을 몇 개 샀다. 소연은 멍하니 창밖을 내다보았다. 길 건너 고층 아파트에 칸칸이 불이 들어와 있었다. 소연은 유자차를 몇 모금 삼키고 말했다.

"결아, 그때 아빠가 많이 힘들 때였어. 언니한테 그 일이 일어났을 때 말이야. 아빠 회사가 표적 감사를 당했어. 정권이 바뀌고 얼마 안 됐을 때거든. 갑자기 외래교수직도 사퇴

하라고 압력이 오고. 거기다 나는⋯⋯."

결이는 소연의 말에 화가 나기보다 오히려 마음이 차분해지는 느낌이 들었다.

"엄마는 뭐?"

"그때 어린이집을 새로 개원했거든. 너무 바빠서 아빠한테 신경을 쓰지 못했어."

"그래서 그게 어쨌다는 건데?"

"그러니까 그게 아빠 탓이 아니라고. 내 문제였어. 내가 아내로서 해야 할 일을 못 했어. 결아, 하늘이를 그렇게 만든 건 나야. 엄마 잘못이야. 내가 너랑 숨이만 독립할 수 있게 되면⋯⋯."

"그러면?"

"내가 책임을 질게."

"엄마가 뭘 책임질 건데? 그리고 그게 왜 엄마 탓이야?"

"내 탓이야. 내가 잘못해서 그런 일이 벌어진 거야. 결아, 혹시 지원이가 이걸로 뭘 하려고 하는지 알아?"

"그게 왜 궁금해?"

"이거 주면서 뭐라고 했냐고. 내가 지원이를 만날게. 너희 아빠가 잘못되면 너무 많은 사람이 피해를 보게 돼."

"엄마, 도대체 무슨 말을 하는 거야?"

결이가 더는 참지 못하고 날 선 목소리로 채근하자 소연이 두 손으로 얼굴을 감싸고 울기 시작했다. 옆자리에 있던 사람들이 결이와 소연을 흘끗거렸다.

"엄마, 차로 가자."

소연은 몇 번을 헛손질을 하고 나서야 겨우 시동을 걸었다. 결이는 핸들을 잡은 소연의 손이 가늘게 떨리는 것을 보았다. 다행히 광명을 벗어나 고속도로에 진입하자 안정을 되찾았다. 강화에 도착할 때까지 두 시간 가까이 소연은 아무 말도 하지 않았고 결이도 말을 붙이지 않았다. 소연은 결이를 경미 집 앞에 내려놓고 바로 가려고 했다. 결이가 소연의 팔을 붙잡았다.

"여기서 자고 가. 아빠한테는 내가 전화할게."

"미쳤니?"

소연은 다시 시동을 걸고 해안 도로로 나갔다.

"그냥 여기서 잠시 쉬자."

석모도가 마주 보이는 곳이었다. 깃발이 펄럭이는 소리가 요란하게 들렸다. 결이는 맞은편 해안 도로의 가로등 불빛을 바라보다 소연을 간간이 곁눈질했다.

"결아, 넌 몰라."

"뭘 몰라?"

"너희 아빠는 생각보다 힘이 세."

"그래서?"

"아무것도 하지 마. 지원이한테도 아무것도 하지 말라고
해."

"엄마."

소연이 터져 나오려는 울음을 꾹 참으며 말했다.

"내 탓이야. 너희를 지키려고 한 일들이 오히려 너희를 힘
들게 했어."

소연이 흐느꼈다. 결이는 차 밖으로 나와 버렸다. 바닷바
람이 몹시 세찼다. 그러나 몸이 휘뚝거리는 건 바람 때문이
아니었다. 결이는 경미에게 전화를 걸었다.

경미가 자고 가라고 몇 번이나 붙잡는데도 소연은 기어이
집으로 갔다. 결이는 소연의 차가 언덕을 넘어 사라지고 나
서야 경미 품에 안겨 울음을 터뜨리고 말았다.

12
나를 지킬 힘

엄마, 친구가 생겼어. 한국 친구가.

여기 와서 가장 행복한 일이야. 정말 외로웠거든.

요즘 이모가 소개해 준 선생님한테 피아노 레슨을 받고 있어. 피아노를 칠 때마다 피아노 선율이 내 마음을 쓰다듬어 주는 느낌이 들어서 좋아. 한국에서는 계속 피아노를 다녔잖아. 2년 만에 하니까 처음에 다 까먹은 줄 알았는데 손가락이 기억을 하고 있었어.

이모는 내가 미술을 해도 좋을 거래. 그림을 잘 그린대. 나는 의사가 되고 싶은데 이모가 그러려면 차라리 미국으로 가래. 미국에는 둘째 고모가 계시니까 내가 도움을 받을 수도 있다고. 대학 예비 학교 가기 전에 고민을 하라는데 친구가 오고부터 그냥 여기 계속 있고 싶어.

엄마 생각은 어때? 의대 가려면 미국으로 가는 게 나을까? 거기 가면 다시 친구들을 사귀어야 할 텐데. 그게 겁이 나. 난 내가 왜 스페인으로 유학을 왔는지 모르겠어. 그렇지만 여기가 나쁜 건 아니야. 이젠 여기에 익숙해져서 오히려 한국이 더 낯설고 불편할 것 같아. 그냥 엄마랑 결이, 숨이가 많이 보고 싶을 뿐이야.

둘째 고모가 한 달 뒤에 오신대. 오빠가 건축을 공부하고 싶은데 스페인에서 하고 싶다고 했대. 고모가 오시면 마드리드에서 가까운 알칼라 데 에나레스랑 좀 멀리 코르도바, 세비야까지 가기로 했어. 이모가 가이드를 해 드릴 거래.

2009년 9월 10일

엄마를 사랑하는 하늘이가

하늘이는 참 특별한 아이였다. 8개월에 엄마 아빠를 말하고 네 살에 한글을 뗐고 피아노를 쳤다. 남편은 그런 하늘이를 지나치게 예뻐했다. 소연이 때때로 질투를 느낄 만큼.

소연은 서울과 경기도 경계의 그린벨트 안에 있는 미나리 농장에서 자랐다. 어려서부터 가난을 벗어나는 것이 목표였다. 부모의 가난을 대물림하기 싫어 이를 악물고 공부만 했다. 소연은 우리나라에서 가장 좋은 여대의 유아교육과에 가는 게 목표였다. 유치원 선생님은 소연이 처음 만난 농장 밖 여성이었다. 촌스러운 꽃무늬 고무줄 바지를 입지 않고, 빠글빠글한 파마머리도 하지 않은 선생님을 본 순간 소연은 꼭 그 선생님 같은 어른이 되고 싶었다.

소연은 대학교 4학년 때 실습을 나갔던 유치원 원장에게 아들을 소개받았다. 소연보다 열 살이 많았지만 미국에서 경영학 박사과정을 마치고 와 아버지가 운영하는 광고 회사에서 일하고 있었다. 친구들은 시어머니 될 사람이 중매를 서는 결혼이 힘들지 않을 리 없다며 결혼을 말렸으나 소연은 그 충고가 시샘이라고 생각했다.

누나 셋 중 둘이 변호사와 판사였고, 매형들 역시 의사에 변호사였다. 소연이 아무리 노력해도 가질 수 없는 인맥이었다. 소연은 임신 4개월의 몸으로 대학 졸업과 동시에 결혼식을 올렸다. 하늘이가 세 살이 되었을 무렵 시어머니의 유치원으로 출근했고 야간 경영대학원에 진학했다.

남편은 부유한 종갓집의 외아들로 자랐다. 자기중심적이고 가부장적인 남편과 시가 사람들은 소연이 이런 결혼을 한 것이 얼마나 큰 행운인지를 수시로 상기시키며 순종을 요구했다. 남편과 견주어 모든 것이 부족하다고 느낀 소연은 유치원 운영을 잘 해내 인정을 받고 싶었다. 그래서 아이 셋을 키우며 유치원 일을 했다. 남편도 광고 회사를 컨설팅 회사로 바꿔 빠르게 키워 냈고 성공했다. 대학에 외래교수로도 나가기 시작하고 장학 재단을 만들었다. 시민 단체나 진보 정당에도 후원을 아끼지 않았다. 언제부턴가 남편의 선행이 언론에 오르내리기 시작했고 주변에서 정치를 해 보라는 권유가 이어졌다.

어려서부터 예술에 관심이 많았으나 부모의 요구대로 회사를 물려받아야 했던 남편은 자신의 재능을 이어받은 하늘이를 유난스럽게 사랑했다. 남편은 하늘이가 일곱 살 때 체르니 30을 떼자 흥분해서 바이올린을 사 주고 레슨 선생님을 붙여 주었다. 다행히 하늘이는 남편의 기대를 저버리지 않았고 남편은 그런 하늘이를 사람들 앞에 세우기를 좋아했다. 신도시의 타운하우스에는 주말마다 남편의 손님들이 찾아왔다. 학자, 인권운동가, 정치인까지 다양한 직업을 가진 사람들 중 남편이 가장 좋아하는 손님은 예술가들이었다. 하늘이가 그들 앞에서 피아노나 바이올린을 연주하면 남편의 입은 귀에 걸려 내려올 줄 몰랐다. 소연은 하늘이가 어른들 앞에서 어릿광대 노릇을 하는 것이 불편했고, 주말마다 손님을 치르는 것에 지쳐 갔지만 남편의 요구를 마다하지 못했다.

남편은 아기 때부터 하늘이의 목욕을 도맡았다. 어렸을 때는 별 문제의식을 느끼지 못했는데 하늘이가 유치원에 입학할 무렵부터는 신경이 쓰였다. 남편은 소연의 걱정을 편견이라며 아랑곳하지 않았다. 그런데 하늘이가 아빠의 손길을 거부했다. 당황한 남편이 변명을 했다.

"하늘아, 아빠는 남자가 아니야. 아빠는 하늘이 씻겨 주는 게 낙인데."

남편은 하늘이가 혼자 샤워를 하겠다고 하자 마치 실연을 당한 것처럼 우울해했다. 하늘이가 5학년이 되자 아빠와 포옹과 입맞춤도 하지 않겠다고 선언했다. 이유는 단순했다.

"나는 아기가 아니니까."

6학년 때 하늘이는 친구들처럼 귀를 뚫고 싶다고 했다. 소연은 별 고민 없이 백화점에 데려가 귀찌를 해 주었다. 남편은 하늘이가 자신의 허락도 없이 귀를 뚫었다고 불같이 화를 냈다. 하늘이가 불만 가득한 표정으로 말했다.

"왜 귀를 뚫는 걸 아빠한테 허락받아야 해요? 내 몸인데."

"넌 내 딸이야. 당연히 아빠가 싫어하는 걸 하면 안 되지."

남편 말에 소연은 소름이 돋았다. 그러나 그때도 소연은 그저 남편의 딸 사랑이 지나치다고만 생각했다.

소연은 하늘이를 성폭행한 남편에게 이혼 서류를 내밀었다. 남편은 술에 취해 하늘이를 소연으로 착각했다면서 자신을 범죄자 취급하는 소연이 큰 실수를 하는 거라고 부르댔다. 그리고 며칠 뒤 시어머니가 소연을 찾아와 합의이혼이 불가하다고 못 박았다. 시어머니는 소연이 이혼 소송에서 승소하고 위자료와 양육권을 가지려면 남편한테 어떤 귀책사유가 있는지 밝혀야 한다는 것을 잘 알고 있었다.

"똑똑한 네가 제 손으로 남편을 성폭력범으로 만들 수는 없겠지. 그러면 애들은 범죄자의 자식이 되는 거야. 너한테나 애들한테나 좋을 거 하나 없다. 이 모든 사달의 원인은 네게 있다. 네가 아내로서 역할을 제대로 못 한 탓이야. 이 교수가 오죽하면 그런 실수를 했겠니. 정 이혼을 할 생각이면 빈손으로 혼자 나가거라."

소연에게는 아이들밖에 없었다. 아이를 데리고 나가게 해 준다고 해도 빈털터리로 아이 셋을 키울 자신은 없었다. 남편 뒤에는 변호사와 판사인 누나들이 버티고 있었다. 이길 자신이 없었다. 소연은 고민 끝에 하늘이를 동생이 있는 마드리드로 보내기로 했다. 그것이 하늘이를 지키고, 자신과 결이, 숨이를 지키기 위한 길이라 믿었다.

하늘이를 마드리드로 보낸다고 하자 남편은 이성을 잃었다. 소연은 어깨가 탈골되고 갈비뼈가 부러진 채로 응급실에 실려 갔다. 의사가 의심 어린 눈초리로 보았다. 남편이 없는 사이 간호사가 와서 진단서가 필요하지 않느냐고 물었다. 소연은 남편에게 진단서를 내밀었고, 하늘이를 마드리드로 보낼 수 있었다. 소연은 그것이 하늘이를 위한 최선이라고 믿었다. 그런데 스무 살이 된 하늘이가 소연에게 말했다.

"혼자 비행기를 타고 마드리드까지 가는 동안 생각했어. 내가 엄마라면 어떻게 했을까? 엄마는 왜 아빠가 아닌 나를 쫓아낸 걸까? 엄마는 왜 나를 지켜 주지 않은 걸까? 그 일이 있고 나서 엄마가 나와 결이, 숨이를 데리고 집을 나오는 장면을 수도 없이 상상했어. 나 혼자 비행기를 탈 줄은 정말 몰랐어."

소연은 결코 하늘이를 버린 게 아니라고, 그때는 그것이 최선이었다고 말했지만 하늘이는 받아들이지 않았다.

"엄마가 내 곁에서 나를 지켜 줬다면 나도 나를 지킬 힘을 갖게 됐을 거야. 아빠 엄마가 지켜 주지 않은 나는, 나를 지킬 힘을 혼자 기를 수 없었어. 지금 내게 남은 건 죽음과의 싸움뿐이야."

소연은 하늘이에게 조금만 더 버티라고, 조금만 더 참으라고 했다. 그 말조차 하늘이에게는 폭력이 된다는 것을 미처 몰랐다.

그래도 하늘이가 마드리드대학에 입학했을 때는 한 고비를 넘긴 줄 알았다. 독일에서 박사과정을 하게 되었다는 하늘이의 소식은 먹구름 사이로 비치는 햇살 같았다. 소연은 이제 거의 다 왔다고, 결이와 숨이만 유학을 보내고 나면 아이들과 자신에게 날개가 생길 거라고 믿었다. 그런데 느닷없이 하늘이 죽었다는 소식이 전해졌다. 하늘이는 전날 영상통화를 할 때도 독일에서의 새 생활에 들떠 있었다. 믿을 수가 없었다.

하늘이 죽은 날, 소연도 죽었다. 살아 있는 것은 껍데기뿐이었다. 그러나 그 껍데기로라도 결이와 숨이를 지켜야 했다. 소연은 언제나 최선을 선택하고 싶었지만 소연에게 허락되는 선택은 늘 차선이었다. 그것을 최선이라 여기고 열심히 살았다. 소연은 항상 모든 것을 혼자 선택해야 했다. 현재보다 나은 삶을 위해서는 성공해야 한다고 생각했다. 그러려면 사소한 일들은 무시하고 버텨야 했다. 소연은 하늘이가 어린 시절의 기억에 갇히거나 그 기억에 발목이 잡히지 않기를 바랐다. 하늘이는 누구보다 재능이 많고 똑똑한 아이였다. 소연은 날마다 기도했다. 하늘이가 강한 아이가 되게 해 달라고. 그래서 반드시 자신의 날개로 넓은 세상으로 나아가 자유로워지라고.

성폭행은 딱 한 번이었다. 나머지는 성추행에 지나지 않았다. 그 정도라면 하늘이가 이겨 낼 수 있을 거라고 생각했다. 그런데 하늘이는 소연의 기대만큼 강해지지 않았다. 우울증에 시달리는 것이 동성애 때문이라는 시어머니 말을 믿고 싶었다. 그래서 시어머니와 함께 새벽기도를 나갔다. 하늘이가 악마의 유혹에서 벗어나게 해 달라고 간절히 기도를 드렸다. 그러나 소연은 알고 있었다. 자신의 기도가 하늘에 가닿지 않으리라는 것을. 그 기도가 얼마나 터무니없는 희망인지를. 소연은 그러면서도 진실을 외면했다.

남편은 소연이 하늘이 장례식에 가면 결이와 숨이를 다시는 보지 못할 거라고 했다. 남편과 시가 식구들은 충분히 그럴 수 있는 사람들이었다. 결이와 숨이까지 잃을 수는 없었다. 소연은 결이와 숨이가 독립할 수 있는 힘을 갖게 되면 그때 하늘이에게 가서 사과하고 무릎을 꿇겠다고 마음먹었다.

소연은 가족들 몰래 절을 찾아가 홀로 사십구재를 드렸다. 소연의 엄마는 독실한 불교 신자였고 소연과 동생이 집을 떠난 뒤 절에 들어가 살다 세상을 떠났다. 그 절의 주지 스님이 하늘이의 영혼을 받아 주었다.

그 일이 있기 전까지 남편은 소연이 존경할 가치가 충분한 사람이었다. 단지 한 가정의 가장이라서가 아니었다. 남편은 모범적인 기업인이었다. 누구나 칭찬을 아끼지 않는 장학 재단의 이사였고 열악한 시민운동을 앞장서 후원하는 지식인이었다. 소연은 남편이 은연중에 드러내는 정치의 꿈이 당연하다고 생각했다. 남편은 시민을 위해서 자신이 정치를 해야 한다는 사명감을 갖고 있었고 가족의 지지와 희생은 당연한 것이라 믿었다.

소연은 자신이 누리는 경제적인 안정, 사회적인 지위를 딸들에게도 그대로 물려주어야 한다고 생각했다. 그것만으로도 남편과의 관계를 지속해야 할 이유가 충분했다. 소연은 요철이 많긴 하나 자신이 선택한 길이 행복으로 가는 탄탄대로라 믿었다. 그러나 그 끝에 하늘이의 죽음이 있었다. 자신이 다른 길을 찾지 않으면 그 길 끝에서 또 다른 죽음을 마주할지 몰랐다. 그러나 소연은 이번에도 아직은 때가 아니라고 고개를 저었다.

13

아무도 죽지 않을 거야

2016년 8월 26일

오늘 뜬금없이 가족회의를 했다. 주제는 꿈이었다. 원래 가족
회의 같은 걸 한 적이 없었다. 숨이의 여름방학 숙제가 '가족회
의록 쓰기'라서 한 거다. 갑자기 네 사람이 모여서 회의를 하려
니까 쑥스럽고 어색했다. 아빠도 어색한지 헛기침을 몇 번 한 뒤
에 사회를 보았다. 아빠가 각자 꿈에 대해서 말하라고 하자 숨
이는 신이 나서 떠들었다. 숨이의 꿈은 통번역사나 국제변호사
다. 나중에 유엔이나 유니세프 같은 국제기구에서 일하고 싶단
다. 숨이가 존경하는 사람이 반기문 전 유엔 사무총장님이다.

숨이는 어려서부터 착하고 똑똑했다. 숨이는 엄마가 일기를

쓰라고 하면 진짜로 하루도 빠뜨리지 않고 일기를 쓰고, 일주일에 세 권 이상 책을 읽으라고 하면 무슨 일이 있어도 세 권을 읽었다. 할머니와 일요일 새벽에 예배를 같이 가기로 한 뒤 한번도 안 빠지고 4시 반에 일어나서 예배에 갔다. 숨이는 2학년 때부터 학원을 여러 개 다니면서도 힘들다고 한 적이 없다. 영어, 발레, 미술, 글쓰기 학원에다 피아노, 바이올린 레슨, 거기에다 수학과 영어 학습지를 지금까지 한번도 빠지지 않고 하고 있다. 그뿐 아니라 방학 때는 쿠킹 교실에 가고, 문화센터에서 방송 댄스도 배운다.

나는 숨이의 바쁜 스케줄을 보면 숨이 막힌다. 나는 엄마가 꼭 가라고 하는 학원만 겨우 다닌다. 학원 숙제가 너무 많고, 수학은 벌써 미적분을 나가기 때문에 따라가기가 벅차다. 거기다 나는 하고 싶은 것이 없고 되고 싶은 것도 없다. 오늘도 아빠가 내 꿈을 말하라고 했을 때 아무것도 생각나지 않았다.

"이결, 어렸을 땐 야무지고 언니보다 겁이 없고 호기심도 많아서 아빠가 기대를 많이 했는데 왜 이렇게 소심해졌어."

내가 겁이 없고 호기심이 많았다는 말에 좀 놀랐다. 아빠가 나한테 기대를 했다는 말도 처음 들었다. 우리 아빠는 완벽주의자다. 아빠는 직원들의 실수도 절대 용납하지 않는다는데 집에서도 마찬가지다. 아빠의 말투는 깐깐하면서도 톤이 높지 않고 조곤조곤하다. 말투 자체가 뭔가 숨 막히게 하는 경향이 있다. 그 말투로 우리 방의 청소 상태를 점검하거나 책상 위를 살펴보며 지적한다. 아빠는 물건이 제자리에 있지 않은 걸 몹시 싫어한다. 그래서 엄마는 청소에 신경을 아주 많이 쓴다. 일주일에 두 번씩 집안일을 도와주는 아줌마가 집에 오지만 청소는 엄마 몫이다. 아빠는 늘 집에 들어오는 게 아니기 때문에 오히려 매 순간 긴장을 하고 있어야 한다. 언제 갑자기 와서 집 안을 살필지 모르기 때문이다.

아빠는 집에 있는 시간이 많지 않아서 잘 모르겠지만 엄마도 엄청 바쁘다. 아침에 출근했다가 7시에 퇴근해서 그때부터 저녁을 하고 집 안 정리를 한다. 우리 식구는 주말을 빼고는 밥 먹는 시간이 다 달라서 엄마가 여간 힘든 게 아니다. 다른 집은 아빠들도 집안일을 한다는데 우리는 모든 일이 다 엄마 책임이다. 심지어 내가 꿈이 없는 것도 엄마 탓이다. 오늘도 아빠는 엄마더러 나한테 신경을 좀 더 쓰라고 했다. 그 순간 나는 꿈이 하나 생각났다. 엄마처럼 살지 않는 거다. 나는 엄마처럼 살면 숨을 쉬지 못해 터져 버릴 것이다.

숨이는 아빠한테 칭찬을 많이 받았다. 아빠도 숨이처럼 어렸을 때부터 꿈이 많았다고 했다. 화가, 작곡가, 발레리노, 피아니스트, 판사, 의사가 되고 싶었고 다 자신이 있었다고 했다. 고등학교 때는 대학가요제에 나가는 게 꿈이었단다. 그런데 대학에 가서 독재 권력을 몰아내고 민주주의를 이루는 게 꿈이 되어 학생운동을 했다. 그 뒤 억지로 끌려간 군대에서 우리나라의 민주주의를 위해서는 힘을 길러야 한다는 것을 깨달았다고 했다.

아빠는 젊고 능력 있는 사람들과 함께 일하는 게 즐겁고, 회사의 이익을 사회와 나누는 것이 보람 있다고 했다. 그런데 나는 종종 회사 직원들도 아빠랑 일하는 게 즐겁고 보람 있을지 그게 궁금하다. 회의가 거의 끝날 무렵 숨이가 엄마한테 꿈이 무엇이냐고 물었을 때 엄마는 가족의 건강이라고 말했다. 그게 진짜 엄마의 꿈일까? 오늘 나는 한 가지는 정확히 알았다. 나는 절대로 엄마 아빠 같은 사람이 안 될 거라는 것이다.

결이는 터미널에서 숨이를 기다리는 동안 마음이 복잡했다. 도대체 무슨 일로 강화까지 온다고 하는지 마음이 쓰여 잠도 설쳤다. 숨이를 본 건 할머니 생신 이후 처음이니 한 달 만이었다. 버스에서 내리는 숨이 얼굴이 핼쑥했다.

"강화에 오신 걸 환영합니다."

결이 말에 숨이가 지친 얼굴로 말했다.

"여기 진짜 멀다. 전철 두 번, 버스 두 번 갈아탔어. 나 멀미 안 하는데 오늘은 멀미까지 났어. 왜 이렇게 먼 고등학교에 온 거야?"

"멀어서 왔지. 우리 숨이 고생했다. 배고프지? 밥부터 먹자."

결이는 숨이를 데리고 미래가 소개해 준 파스타 집에 갔다.

"시골에도 이런 데가 있네."

"무시하지 마. 그래도 여기가 맛집이야."

숨이는 시금치크림파스타가 자기 동네보다 더 맛있다며 한 그릇을 다 비웠다.

"근데 무슨 일로 여기까지 올 생각을 했어?"

결이 질문에 숨이가 갑자기 눈물을 글썽였다.

"엄마가 이상해."

"왜?"

"말이 없어지고, 잘 웃지도 않아. 잠도 잘 못 잔대."

"엄마 원래 그렇잖아. 새삼스럽게 그게 왜 걱정돼?"

"뭘 왜야? 언니가 할머니 생신 때 어른들한테 인사도 안하고 나가 버렸잖아. 그 뒤에 분위기가 이상해졌어. 다들 엄

마한테 뭐라고 하고. 엄마가 할머니나 아빠를 그렇게 퉁명스
럽게 대하는 거 처음 봤어."

결이는 애초에 할머니 생신 모임에 갈 생각이 없었다. 소
연이 몇 번이나 당부를 하지 않았더라면 추석 때처럼 입시
를 핑계로 그냥 넘어갈 생각이었다. 사촌들을 만나는 자리
는 항상 껄끄러웠고 될 수 있으면 아빠도 만나고 싶지 않았
다.

하늘이가 떠난 뒤 처음 맞는 지난 설에도 가족들은 변함
없이 할아버지 추모 예배를 드리고 음식을 차려 먹었다. 그
러면서 아무도 하늘이에 대해 말하지 않았다. 결이는 오래
전에 돌아가신 할아버지 추모 예배를 드리면서 불과 반년
전에 떠난 하늘이의 죽음을 애도하지 않는 가족들을 견딜
수 없었다. 그래서 설에도 예배가 끝나자마자 강화로 돌아
왔다. 소연은 설 다음 날, 혼자 절에 다녀왔다고 했다.

이번 할머니 생신도 소연 혼자 준비했다. 도우미 아줌마
를 불렀지만 미리 장을 보고, 재료 준비를 해 놓는 일은 소
연 몫이었다. 호텔 뷔페 같은 데서 밥을 먹고 와서 할머니네
집에 모여 다과만 나누어도 될 텐데 다들 소연이 생신상 준
비하는 것을 당연하게 여겼다.

결이는 그날도 주방에는 코빼기도 보이지 않는 고모들이 고까웠지만 소연이 계속 눈치를 주어 화를 참았다. 소연은 저녁식사가 끝나고 설거지를 마친 도우미 아줌마를 퇴근시켰다. 그래서 결이가 소연을 도와 뒷정리를 하고 다과를 준비했다.

"엄마, 내년엔 절대 집에서 하지 마. 이게 뭐야?"

"이결, 제발 입 다물어. 다 들려."

"저렇게 웃고 떠드는데 우리 말이 들린다고? 우리한테 관심도 없어. 저 사람들."

"결아."

"언니가 죽은 지 이제 겨우 1년 지났어. 그런데 어쩌면 저렇게 원래 없던 사람이었던 것처럼 웃고 떠들 수가 있어?"

"언니는 일찍 유학 가서 같이 지낸 시간이 많지 않잖아."

"그렇다고 가족이 아닌 건 아니잖아."

결이가 울컥하는 마음을 가라앉히느라 힘겨워하고 있을 때 막내 고모가 주방으로 들어왔다.

"우리 결이가 엄마 돕는구나? 이제 결이가 맏딸이니 잘해야지."

결이는 하늘이의 부재를 아무렇지도 않게 말하는 막내

고모가 거슬렸지만 엄마를 생각해 애써 참았다. 소연이 타르트를 오븐에서 꺼내며 막내 고모에게 부탁했다.

"이것 좀 접시에 담아 주세요."

"너무 예쁘다. 우리 아들 외숙모 타르트 먹고 싶어서 따라왔잖아. 올케는 유치원이 아니라 베이커리를 했어야 해."

결이는 막내 고모의 호들갑이 마뜩하지 않았지만 이번에도 꾹 참았다. 그런데 타르트를 가지런히 옮기고 나서 결이 곁으로 와 불쑥 물었다.

"결이 넌 교대 갈 거라며?"

"네? 누가 그래요?"

"숨이가 아까 그러더라. 아니, 진짜 뜻밖이다. 왜 그런 생각이 들었대?"

"그냥, 교사 일이 보람 있어 보였어요."

"뭐, 어떤 직업이든 본인이 보람을 느낄 수 있는 게 최고지. 교사가 박봉이긴 해도 안정적이기도 하고. 발표 얼마 안 남았지? 우리 집안에서 초등학교 선생님이 다 나오겠네."

결이가 대꾸하지 않는데도 막내 고모는 계속 말했다.

"어쩌면 잘 생각한 거야. 우리 아들은 이제 겨우 1학년인 주제에 의대가 아니라 다른 데 갈 걸 그랬다고 투덜거려. 의대 공부가 쉽지 않으니까. 그러면서도 또 놀 건 다 놀아요."

결이가 불편해하는 걸 느낀 소연이 말머리를 돌렸다.

"도겸이 연애하던데요?"

"연애? 아니야. 그냥 이 애 저 애 만나긴 하는데 제대로 된 연애는 아니야. 근데 올케 그걸 어떻게 알았어?"

"지번에 우연히 백화점에서 봤어요."

"그랬구나. 걔 사귀는 애는 아니야. 이상하게 여자애들이 그렇게 꼬여. 그래서 그런지 몸 키우는 데 얼마나 관심이 많은지 몰라. 우리 부부는 평생을 모범생으로 살아서 그런지 그런 아들이 오히려 좋아 보여. 참, 올케. 올케도 결이 대학 가기 전에 임플라논 해 줘."

소연이 뜨악한 표정으로 막내 고모를 한번 보고 결이 눈치를 살폈다. 결이는 처음 듣는 단어였다.

"임플라논? 그게 뭔데?"

곤란한 얼굴로 어쩔 줄 모르는 소연 대신 막내 고모가 대답했다.

"얘는 그것도 몰라? 피임 시술."

"피임 시술이요? 대학 가기 전에 그걸 왜 해요?"

"왜 하다니. 대학 가서 원 없이 놀라는 거지."

소연이 과일 깎던 칼을 내려놓으며 물었다.

"아니, 어떻게 그런 생각을. 임신만 아니면 상관이 없다는 거예요?"

"미연에 사고를 방지하자는 거지."

"아니, 그게 문제가 아니죠. 딸이든 아들이든 상대를 존중하고 동등한 연애를 할 수 있게 가르쳐야지. 덜컥 피임 시술이라니요?"

막내 고모가 정색을 하며 말했다.

"올케 그런 말 하면 꼰대 소리밖에 안 들어. 지금 21세기야. 내 친구들은 애들 대학 입학 선물로 피임 시술 해 준다니까."

결이는 소연이 손을 부르르 떨며 입술을 깨무는 것을 보았다. 소연이 과일과 타르트가 담긴 쟁반을 들고 거실로 가며 말했다.

"그러니 괴물이 만들어지는 거예요. 당신 동생처럼."

막내 고모가 어리둥절한 얼굴로 결이에게 물었다.

"네 엄마 지금 뭐라고 했어? 당신 동생처럼? 내 동생? 너희 아빠를 말하는 거야? 내가 제대로 들은 거 맞지?"

결이는 시치미를 뗐다.

"그런 말 안 했는데요. 그냥 괴물이 만들어지는 거라고만 했는데?"

"얘, 나 다 들었어."

"저도 들었어요. 아니에요. 그리고 자기 몸에 대해서 자기가 책임져야 하는 거 아니에요? 정말 세상에 괴물들만 득시글거리는 것 같아요."

"너 말에서 뼈가 느껴진다? 괴물이라니. 도대체 누가 괴물이야?"

결이는 막내 고모 말에 대꾸하는 대신 겉옷도 챙겨 입지 않고 집을 나와 버렸다.

"그날 언니가 할머니랑 아빠한테 인사도 안 하고 가 버리는 바람에 엄마가 얼마나 곤란했는지 알아? 할머니가 그랬어. 며느리 잘못 들여 집안이 쑥대밭이 됐다고. 언니 때문에 엄마가 그런 소리를 듣잖아. 언니 저번에도 할머니한테 말 잘못해서 엄마만 더 힘들게 했잖아."

"숨아, 그건 할머니랑 아빠가 잘못한 거야. 그리고 엄마랑 아빠가 결혼한 지 25년이 넘었는데 아직도 며느리 잘못 들어왔다 뭐다 하는 게 말이 돼? 아니다. 엄마가 문제다. 지금이 어느 땐데 그러고 살아? 맞다. 엄마 문제다."

숨이가 그 말에는 토를 달지 않았다.

작년 겨울방학 때였다. 하늘이가 떠난 뒤 소연은 두통과 신경성 위염으로 유치원에 출근하는 것조차 버거워했다. 그날은 퇴근하던 소연의 몸이 휘청거릴 정도로 어지럼증이 심한 날이었다. 그런데도 퇴근하자마자 저녁을 준비하러 부엌으로 갔다. 결이는 짐을 싸서 강화로 가려다 가방을 내려놓았다.

"엄마, 저녁 그냥 시켜 먹어."

"할머니 저녁 준비해야지."

"안 오시잖아."

"갑자기 오실 수 있어."

엄마는 항상 할머니가 드실 반찬을 따로 준비했다. 그런데 정작 할머니가 결이네 집에 와서 저녁식사를 하는 날은 일주일에 두세 번도 안 됐다. 결이와 숨이가 기숙사로 들어간 뒤에는 할머니가 먹지 않은 음식은 쓰레기가 되었다. 결이는 소연이 말리는데도 할머니한테 전화를 걸어 저녁을 드시러 오실 건지 물었다. 그러자 할머니가 언짢은 목소리로 물었다.

"네 엄마가 전화하라고 하데? 내가 먹으면 얼마나 먹는다고 널 앞세워 전화를 하니?"

그리고 얼마 뒤 집에 온 우현은 소연을 몰아세웠다.

"왜 쓸데없는 말을 해서 어머니를 속상하게 만들어? 오래 살아서 그런 수모를 당한다고 하시는 걸 겨우 달랬어. 어머니가 밥을 드시면 얼마나 드신다고 밥을 먹을지 말지를 일일이 연락하라고 해?"

소연이 어쩔 줄 몰라 하는 걸 보고 결이가 발끈하고 말았다.

"얼마 드시지도 않을 밥과 반찬을 날마다 새로 만드는 엄마는 생각 안 해요? 저녁 드시러 오실 거면 엄마한테 전화 한 통 해 줄 수 있잖아요. 전화하는 게 뭐가 그렇게 큰일이라고 수모라고 해요? 먹는 사람도 없는 저녁을 날마다 준비하는 엄마 입장은 생각 안 해요? 아빠 환경 문제에 예민하시잖아요. 버려지는 음식은 걱정 안 돼요? 그리고 엄마가 집에만 있는 사람도 아닌데 언제까지 할머니, 아빠 뒤치다꺼리를 해야 해요? 아빠 저번 칼럼에 쓰셨잖아요. 민주주의는 우리의 일상에서부터 시작하는 거라면서요? 왜 우리 집에는 민주주의가 없어요?"

결이 말에 우현이 눈을 부릅뜨더니 결이 뺨을 때렸다. 그러면서 소연에게 호통을 쳤다.

"집안 꼴 잘 돌아간다. 애들 교육을 어떻게 시켰기에 다들 이 모양이야? 누가 이런 모습을 볼까 두렵네. 당신은 교육자로서 부끄럽지도 않아?"

결이는 얼떨결에 맞아서가 아니라 아빠의 행동이 너무 수치스러워 뺨이 화끈거렸다. 결이는 더 따져 묻고 싶었지만 그만하라는 소연의 눈빛이 너무 간절해 입을 다물었다. 결국 소연은 아무 잘못도 없이 사과했고, 결이 역시 아빠에게 버릇없이 굴었다고 잘못을 빌었다.

"일단 우리 카페라도 가자. 내가 얘기해 줄게."

결이는 숨이를 데리고 지원의 카페로 가기로 마음먹고 택시를 탔다. 포구에서 내려 카페로 걸어가는데 숨이가 투덜거렸다.

"무슨 카페를 택시까지 타고 와? 여긴 올라가는 길이 왜 이렇게 가팔라?"

"이 카페 건물이랑 뷰가 끝내주거든. 일단 올라가 봐."

숨이는 오르막길을 다 올라와서 카페를 바라보고도 시큰

둥했다.

"뭐야? 별론데?"

"여기 스페인 같지 않아? 하늘이 언니랑 같이 여행 갔을 때 론다, 그라나다 그런 데서 본 집들이랑 비슷하잖아. 난 여기 오니까 언니 생각나더라."

하늘이 얘기를 하자 숨이 얼굴이 굳었나.

"몰라. 난 스페인 갔던 거 별로 기억에 없어."

결이는 숨이의 태도가 실망스러웠지만 내색하지는 않았다. 카페 안으로 들어가자마자 지원이 숨이를 보고 달려 나왔다.

"어머나, 숨이구나. 진짜 많이 컸네."

숨이는 자기를 보고 반가워하는 지원을 경계하는 눈빛으로 올려다보았다.

"숨이는 나 기억 안 나?"

숨이가 지원을 찬찬히 살피더니 미간을 찌푸렸다.

"이제 기억났어요. 하늘이 언니 친구죠?"

"오! 기억하네. 반갑다, 숨아."

지원이 활짝 웃으며 손을 내밀자 숨이는 탐탁하지 않은 표정으로 쭈뼛거리다가 겨우 손을 내밀었다.

"그런데 왜 한국에 계세요?"

숨이 말투가 몹시 퉁명스럽고 적대적으로 느껴졌다. 지원은 숨이 말에 당황했지만 애써 웃으며 말했다.

"나 원래 한국 살아. 몰랐구나. 일단 앉아. 숨이 왔으니 추로스 만들어 줄게. 조금만 기다려."

지원이 주방으로 간 사이 숨이는 그대로 돌아서서 밖으로 나가 버렸다. 결이는 따라 나가 숨이를 붙잡았다.

"너 왜 그래?"

"저 언니 큰언니랑 사귀었던 사람이잖아. 더러워. 나 갈 거야."

결이는 숨이를 따라가며 지원한테 메시지를 보냈다.

- 언니, 나중에 얘기해요. 미안해요.

숨이는 가파른 내리막길을 뛰듯이 내려가 언덕 아래 있는 포구에서 멈췄다.

"너 도대체 왜 그래?"

"작은언니는 아무렇지도 않아? 저 언니 동성애자야."

"그게 뭐?"

"저 언니 때문에 큰언니도 죽은 거잖아."

"숨아, 도대체 무슨 말을 하는 거야?"

"할머니가 그랬어. 큰언니가 죽은 거 동성애 때문이라고. 요즘 우리 집 분위기가 어떤지 알아? 아빠는 주말에도 집에 거의 안 와. 엄마는 넋이 나간 사람 같아. 지난주에는 나 데리러 오는 것도 깜박해서 두 시간이나 학교 앞 카페에서 기다려야 했어. 심지어 밥도 안 해 놔서 시켜 먹었어. 큰언니가 죽고 화목했던 우리 집이 다 엉망이 됐어."

"숨아, 우리 집 화목했던 적 없어. 한번도."

"큰언니 죽기 전에는 다 부러워하는 집이었어. 우리 집."

"큰언니 없이 우리가 화목했던 게 이상한 거라고는 생각 안 해?"

숨이가 영문을 모르겠다는 표정으로 눈을 끔뻑였다.

"작은언니까지 왜 그래?"

"그리고 엄마도 늘 바쁜데 어떻게 실수 없이 모든 걸 완벽하게 해? 너 데리러 가는 거 까먹을 수 있고, 밥을 안 할 수도 있지."

"내가 밥 못 먹어서, 나 데리러 오는 거 깜빡해서 이러는 것 같아? 그냥 엄마가 이상하다고. 계속 아프대. 머리도 아프고, 위염도 심해져서 맨날 죽만 먹는다고. 엄마가 큰 병이라도 있을까 봐 겁이 난단 말이야."

"엄마 우리 어렸을 때부터 수시로 아팠어."

"알아. 그렇지만 큰언니 때문에 더 안 좋은 것도 사실이잖아. 언니가 동성애자만 아니었어도 그렇게 죽지는 않았을 거 아냐."

"숨아, 제발 그러지 마. 언니가 동성애자라서 죽은 거 아니라고. 하늘이 언니를 모욕하지 말라고. 너 언니가 얼마나 많이 아팠는지 알아?"

숨이가 놀라서 물었다.

"어디가? 동성애 말고 또 다른 병이 있었어?"

"동성애는 병이 아니야."

숨이가 도리질을 치며 말했다.

"몰라. 오늘도 난 엄마 얘기하려고 온 거지, 큰언니 얘기하러 온 거 아니야. 근데 이게 뭐야?"

숨이가 눈물까지 글썽이며 화를 냈다.

"숨아, 나는 너한테 보여 주고 싶었어. 언니의 흔적이 저 카페 안에 다 있어. 언니가 좋아하던 그림, 언니가 좋아하던 색깔, 언니가 좋아하던 음식. 우리 가족은 하늘이 언니를 잊으려고 애쓰는데 지원 언니는 다 기억하고 있어. 나는 너도 그걸 보면 좋겠다고 생각했어."

"이미 죽은 사람이야. 우리 가족에게 큰 상처만 주고 갔어. 왜 우리가 그런 사람을 기억하며 슬퍼해야 해?"

결이는 숨이의 야멸찬 말에 가슴이 찢어지는 것 같았다.

"하늘이 언니가 준 슬픔만 보지 말고, 가족이란 사람들이 언니에게 준 상처도 봐."

"가족이 무슨 상처를 줬어? 할머니랑 큰고모가 그랬어. 동성애자들은 원래 우울증이 심하대. 예전에 목사님이 설교할 때도 그러셨어. 동성애는 죄악이라고."

"동성애가 왜 죄악이야?"

"성서에서도 동성애는 금지한다고 나오잖아. 창세기에도 남자와 여자가 합하는 게 하나님의 뜻이라고 나오고, 로마서에서도 마찬가지야. 언니도 소돔과 고모라가 망한 게 동성애 때문이라는 거 알잖아."

"숨아, 성서는 유대인들의 법전이고 역사서야. 그 옛날 유대인들이 동성애를 금했던 거지 하느님이, 그리고 예수님이 그런 말을 한 게 아니야."

"언니도 이단이 된 거야? 어떻게 그런 말을 할 수 있어?"

"숨아."

오후가 되면서 바람이 더 세게 불었다. 썰렁한 포구에 사람 하나 없고 선착장에 묶어 놓은 배 세 척이 서로 부딪치는 소리가 불안하게 들렸다. 갑작스러운 바람 때문인지 오리떼들도 둑으로 올라와 석모도 꼭대기에 걸터앉은 해를 바라보며 해바라기를 하고 있었다.

"숨아, 넌 아직도 아빠가 존경스러워?"

결이의 질문에 숨이가 어리둥절한 표정으로 대답했다.

"당연한 거 아냐?"

"그래, 그 믿음이 흔들리지 않기를 기도할게."

숨이 표정이 서늘해졌다.

"도대체 왜 그런 말을 하는 거야? 엄마도 갑자기 나한테 아빠한테 실망할 일이 생기면 어떨 것 같으냐고 묻더니."

"엄마가 그런 말을 했어?"

"응. 엄마가 진짜 이상하다고. 그러니까 제발 집에 좀 와 봐. 언니."

숨이는 눈물까지 글썽이며 사정하듯 말했다.

"숨아, 우리가 할 수 없는 일도 있어. 어른들이 해결해야 할 일들도 있는 거야. 나도 이제부터 내가 할 수 있는 일을 할 거야."

자고 가라는 말에도 숨이는 굳이 집에 가겠다고 고집을
피웠다. 결이는 숨이와 함께 터미널까지 가서 버스를 기다렸
다. 창밖으로 눈발이 날리는 게 보였다.

"숨아, 첫눈이야."

숨이가 멍하니 창밖을 바라보다 불쑥 물었다.

"큰언니, 눈 좋아했지?"

"응."

"우리 주택 살 때 큰언니랑 눈사람 만들었던 거 기억나."

"그래?"

"스페인에는 눈 오는 데가 별로 없지?"

"산악 지방에나 오려나? 마드리드나 그라나다에는 눈 거
의 안 온다고 했어."

"큰언니, 눈이 그리웠겠다. 나는 솔직히 큰언니에 대한 기
억이 거의 없어. 스페인 여행 갔을 때랑 주택 살 때 눈싸움
하고 눈사람 만들던 것만 기억나. 그 뒤로 큰언니는 우리 가
족 안에 없었던 것 같아. 요즘 자꾸 우리 가족이 행복했던
때가 떠올라. 아빠랑 스케이트장에 놀러 갔던 거. 오키나와
랑 제주도, 보라카이 여행 갔던 거. 근데 거기에 큰언니는 없

어. 큰언니가 죽었다고 했을 때도 작은언니처럼 그렇게 슬프지가 않았어. 나는 큰언니한테 원망만 있어. 엄마를 너무 힘들게 하는 것 같아서."

"숨아, 엄마 걱정 너무 하지 마. 엄마 어른이잖아."

"언니, 있잖아 나는, 나는 큰언니처럼 엄마도 죽을까 봐 걱정돼. 할머니는 큰언니가 우울증이라고 했어. 지금 엄마도 우울증 같아. 내가 인터넷으로 다 찾아봤어. 언니, 있잖아, 난 큰언니 없이는 살 수 있지만 엄마가 죽으면 못 살아."

"엄마가 왜 죽어. 그런 말 하지 마. 절대 안 죽어. 더는 아무도 죽지 않을 거야. 절대."

"언니가 어떻게 알아?"

"그렇게 만들 거야. 내가."

"믿고 싶다. 그 말."

"진짜 그럴 거니까 믿어 봐. 그리고 힘든 일이 생기면 언니한테 얘기해. 언제든지. 오늘처럼 와도 되고."

"알았어."

결이는 숨이를 안아 주고 싶었지만 쑥스러워 그만두었다. 싸락눈이 점점 굵어지고 있었다. 버스에 올라타 자리에 앉은 숨이에게 결이는 손을 흔들어 주고 엄마에게 메시지를 보냈다.

- 숨이가 강화 왔다 가요. 눈이 오기 시작해서 도착하려면 두 시
  간 넘을 거예요. 엄마가 숨이랑 연락해서 마중 나가 주세요.
- 숨이가 거길 갔어?
- 응.
- 왜?
- 그냥 내가 보고 싶었대.
- 미안하다. 너희한테.
- 내가 듣고 싶은 말은 미안하다는 말이 아니야. 엄마, 엄마가
  나랑 숨이 지켜 줘.

　엄마한테서 답장이 오지 않았다. 그 대신 경미한테 메시
지가 왔다.

- 결아, 어디야? 눈 오기 시작하는데. 읍이니?
- 버스 타고 갈게요. 30분 있다가 출발하는 마을버스 탈게요.
- 날이 쌀쌀해지고 있어. 내가 나갈게. 나 지금 인산리. 15분
  이면 가.

결이는 괜찮다고 답장을 하려다 지웠다.

- 네, 이모 천천히 오세요. 미끄러워요.
- 걱정 마. 나 무사고 20년이야.

자꾸만 눈물이 뚝뚝 떨어져 결이는 답장을 할 수가 없었
다.

14

서로를 돌보는 일

2020년 1월 6일

오늘은 겨울답지 않게 하루 종일 보슬비 같은 게 흩뿌린다. 텔레비전 뉴스와 인터넷에는 중국에서 시작된 폐렴에 관한 이야기가 계속 나온다. 미래, 결이와 제주도행 비행기를 예약한 터라 좀 걱정된다. 미래가 지난 성탄 때부터 빨리 여행을 가자고 했는데 결이가 수능 성적표를 받은 뒤 일주일 동안 두문불출하는 바람에 늦어졌다. 결이는 말로는 기대하지 않는다고 했으면서도 교대 합격선에 못 미치는 성적에 충격을 받은 것 같았다. 그래도 비행기를 예약하고 나니까 결이도 마음이 가벼워 보인다. 여행 계획을 여러 번 바꾸느라 약간의 스트레스와 갈등이 있었지만 우리 셋만의 첫 여행이라 설렌다. 미래와 결이는 상하이에 가 보고 싶다고 했는데 중국이 불안해서 제주도로 바꿨다. 좀 아쉬웠는데 이런 상황에서는 오히려 잘된 것 같다.

결이는 제주도를 다녀온 뒤 스페인 여행을 계획하고 있다. 하늘이 언니와 갔던 곳을 돌아보고 싶단다. 혼자 여행이라니 은근히 걱정되지만, 한편으로는 대학 대신 다른 계획을 세우는 결이가 좋아 보이기도 한다. 결이가 2학년 2학기 기말을 망쳐서 내신이 불안하긴 해도 수능은 잘 볼 거라 생각했기 때문에 최저는 무난히 맞출 수 있을 줄 알았다. 결이 말로는 실수라기보다는 집중력이 많이 떨어진 것 같다고 했다. 국어와 영어에서 지문을 읽는 속도가 느려서 못 푼 문제가 많았다고 했다. 그래도 재수를 선언하고 나더니 홀가분해 보인다.

우리는 요즘 기타를 배우고 있다. 미래네 교회 전도사님한테 셋이 레슨을 받는데 결이가 가장 빠르게 실력이 늘고 있다. 결이는 주로 슬픈 노래를 부른다. 그러면서 자주 울고, 하루 종일 꼼짝 않고 누워 음악만 듣는 날도 많다. 나는 결이가 너무 우울해지는 것 같아 걱정스러운데 경미 이모는 결이가 이제야 자신의 슬픔과 아픔을 돌보는 시간을 보내는 거라고 했다. 우리가 할일은 그저 결이 곁에 머물러 주는 것이다.

가끔 나는 어쩌다 결이와 만나게 됐을까 생각한다. 우리는 어쩌면 자각하지 못하는 슬픔의 페로몬을 서로 풍기고 있었는지 모르겠다. 그 냄새를 맡은 우리는 서로에게 끌렸던 것 같다. 결이와 같이 있다 보면 엄마와 경미 이모처럼 서로를 지키고 돌보는 친구가 될 수 있을 것 같은 생각이 든다. 결이는 미래와는 다른 결의 친구다. 아주 가끔, 아니 솔직히 말하면 자주 결이의 우울이 너무 무겁게 느껴질 때가 있다. 그러면 나는 미래한테 간다. 미래한테 불편한 내 감정을 쏟아 놓고 나면 마음이 한결 가벼워진다. 미래가 아니었다면 내 삶은 많이 외롭고 우울했을 거다. 경미 이모와 아빠가 있었지만 엄마가 아플 때마다 내가 숨은 곳은 미래였다. 엄마 때문에 예민하고 날카로워졌다가도 미래와 만나 이야기를 하고 나면 좀 둥글둥글해지곤 했다. 집에서 숨이 막혀 도망치듯 미래네 집에 가면 마음이 편해졌다. 언제나 잡동사니들이 뒤엉켜 어수선했는데 그 정돈되지 않은 분위기가 오히려 내 마음을 차분하게 해 주었다. 거기서는 물을 쏟아도, 과자를 먹다 흘려도 크게 신경 쓰이지 않았다. 미래네 식구가 청소에 예민하지 않아서이기도 하지만 미래는 그게 자기 집만의 마법이라고 했다. 나는 그 마법이 좋았다.

미래와 결이 같은 친구가 있다는 건 나한테 엄청 큰 행운이

다. 나는 결이 덕분에 엄마를 좀 더 이해할 수 있게 되고, 사람이 혼자 태어나고 자라고 어른이 되는 게 아니라는 걸 알게 되었다. 결이도 어제 고백했다. 우리가 있어서 언니가 죽고 나서도 살아 있을 수 있었다고. 나는 미래가 나한테 그랬던 것처럼 결이한테 따뜻하고 든든한 친구가 되어 주고 싶다.

어제는 우리 학부 신입생 정모가 있어서 나갔다 왔다. 정모에 나온 아이들은 대부분 심리학과를 지망했다. 나 역시 처음에는 심리학만 생각했지만 지금은 다르다. 심리학과 사회학이 세부적으로 들어가면 차이가 나겠지만 내가 사는 세상과 사람을 이해하는 일이 따로 떨어져 있지 않은 것 같다. 사회복지학도 좋은 학문이라는 생각이 든다. 요즘 돌봄에 대해 다시 생각하고 있다. 우리는 누군가를 돌보며 살 수밖에 없다. 비장애인이 장애인을, 장애인이 장애인을, 노인을, 어린이나 청소년을, 서로를 돌봐야 한다. 엄마와 이모, 아빠가 해 온 일들이 서로를 돌보는 일이라는 것을 요즘 깨닫는다.

나는 돌봄이 노동이 된 뒤에도 그것이 여전히 여성의 일이라는 것이 문제라고 생각한다. 그래서 돌봄 노동이 임금이 낮고 힘든 일이 된 것 같다. 집을 짓고, 도로를 놓고, 병을 고치고, 의약품을 개발하고, 로봇을 만드는 일이 돌봄보다 우선이거나 중요한 일은 아니다. 어제 정모에서 그런 말을 했다가 진지충이 되어 버렸다. 사회과학부에 진학한 애들이라 말이 통할 줄 알았는데 나만 이상한 애가 됐다. 그런데 한 아이가 나와 같은 생각을 하고 있다고 해 주었다. 그래서 나중에는 그 아이하고만 이야기를 했다. 이름은 이반석이고 세례명이 베드로라고 한다. 내가 가지고 있던 베드로 이미지랑 딱 맞는 아이다. 집은 의정부인데 엄마가 다문화 센터에서 복지사로 일하신다고 했다. 왠지 통하는 게 많을 것 같다. 다시는 정모에 나가지 않을 생각이지만 반석이와는 메시지를 주고받기로 했다. 내가 친구들과 제주도에 갈 거라고 하자 이반석도 제주도에 간다고 했다. 우리랑 이틀 일정이 겹친다. 제주도에 가서도 한번 만나자고 했다. 결이와 미래한테도 말해서 서귀포에서 만나기로 했다. 왠지 기대가 된다.

제주도에 다녀온 뒤, 코로나 바이러스가 갑자기 확산되기 시작했다. 결이는 스페인 여행이 취소되자 자꾸 기분이 처졌다. 그때마다 가온이와 미래가 결이를 끌고 나가 집에서 돈대까지 뛰거나 자전거를 타고 해안 도로를 돌았다. 결이가 침대에 누워 있을라치면 가온이가 기타를 들고 와 연습을 하자고 채근했다. 며칠 전에는 영화관에 가서 '작은 아씨

들'을 보고 코인 노래방에서 두 시간 넘게 놀다가 왔다. 그리고 미래와 헤어져 집에 온 뒤 가온이가 자기가 연습하는 노래가 있다면서 피아노 앞에 앉았다. 가온이가 치는 멜로디는 결이도 아는 거였다.

"결아, 한번 불러 봐. 난 노래 못하잖아."

처음엔 싫다고 빼던 결이가 피아노 옆으로 다가왔다.

가온이가 피아노 건반에 손을 올렸다. 결이가 피아노 멜로디를 따라 노래를 불렀다.

너의 이름을 말하지도 못해 너의 사진도 꺼내지 못해

정말 끝일까 봐 다 무너질까 봐 내 마음도 열어 보지 못해

시간아 내게 기회를 줘 차마 못 한 말이 있어

잘 가란 말은 내 맘이 아냐

혼자서 못내 참아 왔을 수많은 외로움들을

이제서야 난 이해할 수 있어

너를 들려줘 너의 절망을 이대로 끝이 아니야

나에게 너의 짐을 줘

오랜 아픔을 내게 내밀어 연약한 상처투성이 날개를

안아 줄 수 있도록

노래를 다 마친 결이가 흐느껴 울었다. 가온이는 결이를 안고 토닥여 주었다.

경미와 지영과 기환은 하루 종일 오곡밥과 아홉 가지 나물을 불려 무치고 볶느라 바빴다. 해가 지기 전에 나눠 먹어야 한다며 가온이한테 심부름을 시키는 바람에 마을을 여러 번 내려갔다 왔다. 5시가 되자 미래도 나물과 오곡밥을 가지고 올라왔다. 지원도 집에 왔다. 지원은 정월대보름에 오곡밥과 나물을 먹는 게 처음이라고 했다.

"나도 여기 와서 정월대보름을 처음 알았어. 돌아가신 가온이 할머니가 정월대보름은 한해 농사를 시작하는 의례라며 중요하게 여기셨어. 설이나 추석 같은 명절은 가정에서 지내지만, 정월대보름 제사는 마을 단위로 치르던 명절이었대. 가온이 할머니는 할아버지의 폭력 때문에 힘들었는데 정월대보름에는 이웃들하고 음식을 나눠 먹고 밤새 얘기하고 놀 수 있어서 좋으셨대. 그 얘기에 깊이 공감이 되더라고. 그래서 나물 하는 거랑 오곡밥 짓는 걸 배웠지."

"자, 자정이 넘었으니 귀밝이술을 마셔 볼까나?"

기환이 얼마 전부터 막걸리 만드는 법을 배우더니 청주를 걸렀다며 가져왔다. 가온이가 들뜬 목소리로 반겼다.

"와, 드디어 나도 이제 이 귀밝이술을 마음껏 먹을 수 있는 거야?"

"마음껏 먹기는. 한 잔씩만 하는 거야."

"뭐야? 작년에도 한 잔만 먹었는데?"

가온이가 투덜거리자 기환이 겸연쩍은 얼굴로 말했다.

"사실 내가 이번에 실패해서 청주가 많이 나오지 않았어. 이건 한 모금씩 먹고, 대신 맥주를 마실 기회를 주지."

다 같이 귀밝이술을 한 잔씩 마신 뒤 경미가 갑자기 중요한 발표를 할 게 있다며 일어났다.

"여러분, 내가 2월말까지만 일을 다니고 퇴직하기로 했어요."

가온이는 경미가 직장까지 그만둘지는 몰랐던 터라 깜짝 놀랐다.

"오늘 귀밝이술도 먹었으니 앞으로 맑은 귀로 사람들 마음의 소리를 듣는 일을 하고 싶어요. 내가 하려는 일은 심리상담 카페예요. 오래전부터 가온이 엄마 아빠랑 꿈꾸던 일이었는데 곀이, 지원이를 만나게 되면서 더 미루면 안 되겠다는 생각을 했어요. 카페라고는 하지만 수다를 떠는 밥상 공동체, 위기에 처한 사람이 힘을 얻고 위로받을 수 있는 환대의 집. 뭐 대충 그런 거예요."

"환대의 집?"

기온이 물음에 경미가 대답했다.

"웅. 환대의 집이라니까 복지시설 같은 느낌이 들지? 그래서 이름을 따로 지었어. 우분투라고."

"우분투? 이름이 그게 뭐예요?"

미래가 고개를 갸웃거리며 묻자 곀이가 말했다.

"우분투는 아프리카 말인데, 아프리카 사람들은 이 말을 폭넓게 적용한대. 옛날에 만델라가 살던 마을에서는 여행자가 오면 밥을 청하기 전에 이미 저녁을 대접했는데 그걸 우분투라고 했대. 투투 주교는 우분투를 마음을 열어 공유하는 것이거나 물건을 나누는 거라고도 하고."

"오, 역시 이걸 똑똑해."

미래 말에 곀이가 멋쩍어하며 말했다.

"아니야. 자소서 쓸 때 가온이가 인터넷에서 찾아낸 거야."

"그렇구나. 그럼 정월대보름 풍습도 우분투의 일종이네요?"

지영이 고개를 끄덕였다.

"스무 살 때 내 롤 모델이었던 도로시 데이도 국가나 교회 같은 제도의 도움이 아닌 자발적인 개인들에 의해 운영되는 환대의 집이 필요하다고 생각했어. 나는 취약한 사람들을 서로 이어 주는 네트워크를 만들어 보고 싶어. 찾아보면 어려운 형편에 있는 사람들이 도움을 받을 제도가 꽤 있거든. 그런데 하루하루 먹고살기에도 바쁜 사람들은 그런 제도를 알아볼 기회가 없어서 혜택을 못 받아. 외국에서 온 엄마들이나 노동자들도 지역 사회에서 소외되어 있으니까. 그래서 우리가 제도적 도움을 연결해 주는 역할도 하고, 성폭력이나 가정폭력 피해자들의 네트워크를 만들어 보고 싶어. 내가 살아남은 건 경미랑 기환 씨가 있었기 때문이거든. 곁에 누군가가 있으면 힘이 덜 드니까."

"엄마, 꿈이 너무 큰 거 아냐?"

"아니, 충분히 가능해. 나랑 지영이가 하려는 건 네트워크를 잇는 와이파이 같은 거야."

"와이파이?"

"웅. 비유가 좀 이상한가? 어쨌든 연결망의 중계 역할 같은 거야. 때로는 개인 상담도 해야겠지만. 우리의 우분투가 그야말로 환대의 집이 되는 게 목표인 거지."

경미 말에 지영이 다시 덧붙였다.

"우리가 받아 온 도움을 이제 다른 사람들한테도 나누고 싶은 거야. 지원이랑, 결이, 가온이, 미래가 함께해 주면 더 좋고."

지원이 들뜬 목소리로 대답했다.

"너무 좋은 계획이에요. 저는 뭐든 할게요."

미래도 눈을 반짝이며 끼어들었다.

"이모, 지금 내 머릿속에도 아이디어가 막 샘솟아. 내가 여행사 차리면 그때 이 카페를 잘 활용할 수 있을 것 같아. 여성 안심 여행 이런 것도 만들고 싶고."

"뭐든 가능하지."

"카페는 어떻게 만들어? 여기 땅도 넓지 않잖아?"

미래가 창밖을 내다보며 물었다.

"지금 우리 집을 늘리는 형식이 될 거야. 1층은 카페로, 2층은 상담실, 침실을 만들고 주방과 다이닝룸을 크게 만들어서 같이 음식도 만들어서 나눠 먹는 자리를 마련하려고."

"이모는 어디서 살아?"

"오디밭 아래에 열 평짜리 집을 따로 지으려고. 결이 방, 내 방, 작은 거실 정도는 나올 거야."

"와, 진짜요? 너무 좋다."

결이가 어울리지 않게 발을 구르며 손뼉을 쳤다. 어린아이같이 해맑은 모습이었다.

"공사는 언제부터 해?"

"이미 건축사랑 연락을 주고받는 중이고, 시공사도 정해졌어. 다음 주부터 터파기 시작."

기환의 말에 결이 얼굴이 발갛게 달아올랐다.

"우아, 대박. 왜 이렇게 설레지? 이런 기분 처음이야."

새벽까지 술을 마신 어른들은 아침까지 곯아떨어져 있었다. 가온이와 결이는 미래의 성화에 아침도 먹지 않고 집을 나왔다. 세수도 못 하고 손가락으로 머리만 빗고 나오는데 미래는 언제 챙겼는지 부럼을 가지고 나왔다.

"내 더위 사라."

얼떨결에 당한 가온이는 얼른 결이한테 더위를 다시 팔았다. 날이 포근했다. 셋이 가릉으로 가는 길에 들어섰을 때

머리 위로 기러기 떼가 날아갔다.

"기러기가 벌써 돌아가나?"

"일찍 가는 애들이 있나 보지 뭐."

미래가 갑자기 손을 머리 위로 흔들며 소리쳤다.

"안녕, 잘 가. 가을에 다시 보자."

결이가 가온이를 보고 웃으면서 말했다.

"쟤네들이 인사해 줘서 고맙다고 하나 보다. 엄청 시끄럽
게 우네."

가온이가 하늘을 올려다보며 자못 진지하게 말했다.

"쟤네는 지금 서로 소통하는 거야. 먼 길을 가야 하니까.
너희 그거 알아? 쟤네들은 브이 자로 편대를 이루어서 날아
가잖아. 그렇게 같이 날면 혼자일 때보다 훨씬 멀리 오래 갈
수 있대. 맨 앞에서 나는 애들은 아무래도 공기 저항을 많
이 받으니까 힘들잖아. 그럼 서로 교대해 준대. 무리 중에 누
가 아프거나 다치면 두세 마리가 무리에서 떨어져서 낙오
된 새가 다시 기력을 찾을 수 있을 때까지 기다려 주고. 되
게 멋지지?"

가온이 말에 미래가 고개를 절레절레 흔들었다.

"야, 김가온. 너 저번에 정모 가서도 진지충이라고 한 소리

들었다며. 대학 가면 제발 그러지 마. 기러기 보며 일장 연설을 하다니, 질린다 질려."

"걱정 마. 진지한 애들이랑 놀면 돼."

"이반석이라는 애? 걔 너 좋아하지? 저번에 우리 제주에서 만났을 때 널 바라보는 눈빛이 남달랐어."

미래의 설레발에 가온이가 정색을 했다.

"강미래, 제발 오버 좀 하지 마."

"이번엔 철벽 치지 말고 걔가 고백하면 사귀어. 너 고1 때 남고 도서부 애 고백 거절하고 나서 엄청 후회했잖아."

"아, 진짜."

미래와 가온이가 티격태격하는 사이 가릉에 도착했다. 결이는 가온이와 미래가 티격태격하는 것만 봐도 즐거웠다. 큰길에서 마을을 지나 조금만 오르면 나오는 가릉과 그 뒤의 전나무 숲은 길이 완만해 가온이가 힘들 때마다 미래와 함께 걷던 길이다. 가온이는 봄이 되면 엄마가 다시 아플까 봐늘 불안했다. 그때마다 미래는 가온이 손을 잡고 산을 올랐다. 가온이는 미래를 따라다니며 이파리가 예쁜 알록제비꽃과 노란제비꽃을 알게 되었고, 전나무 낙엽 사이에서 피어나는 솔붓꽃도 알게 되었다. 결이가 가릉 주위를 두리번거리며 말했다.

"여기 진짜 좋다. 산에 들어왔는데도 무덤 뒤로 파란 하늘이 보이고 주변은 또 나무들이 감싸고 있고. 되게 아늑한 느낌이야."

"그지? 여긴 진짜 고즈넉하면서도 푸근해. 그래서 나랑 가온이의 아지트로 삼았지."

"나도 진작 데리고 와 주지 그랬어."

"내가 너한테 몇 번이나 같이 가자고 했거든. 그때마다 넌 벌레 때문에 산은 싫다고 했잖아."

결이가 무안한 표정으로 배시시 웃었다.

"하긴 그땐 내가 뭘 몰랐지. 그런데 저건 누구 무덤이야?"

"고려시대 때 왕비 무덤이래."

미래 말을 들으며 결이가 안내판 앞에 섰다.

"이 무덤 주인이 고려 충렬왕 엄마래. 충렬왕이면 최씨 정권. 강화가 몽골 침입 때 수도였지? 그래서 고려시대 왕비 무덤이 여기 있구나. 그런데 이 사람은 열다섯 살에 충렬왕을 낳고, 열여섯에 죽었대. 그럼 결혼을 열넷에 했다는 거 아냐!"

"그러네. 지금으로 하면 중1에 결혼해서 중2 때 아이를 낳고, 중3 때 죽었어. 아무리 왕비라 해도, 소름이다."

결이는 얼굴도 모르는 800년 전 여성의 고단한 삶에 이상하게 가슴이 뭉클했다. 가온이가 나지막한 목소리로 말했다.

"여성에게는 세상이 변한 게 없다고 하는데 꼭 그런 것만은 아니야. 우리가 저 시대로 돌아간다고 생각해 봐. 아무리 왕비라고 해도 이런 삶을 살 수 있겠어?"

가온이 말에 결이가 고개를 끄덕이며 가릉을 다시 한번 올려다보는데 미래가 결이와 가온이의 팔짱을 끼며 말했다.

"자매님들, 그러니까 우리 희망적으로 생각하며 살아갑시다."

15

우리는 다 빛나

2020년 3월 15일

엄마가 왔다 가셨다. 경미 이모네 카페 공사하는 것을 보고 나서 가온이네 집 매화나무 아래 앉아 이야기를 했다. 엄마는 매화 향기를 처음 맡아 본다고 했다. 벚꽃에 향기가 있다는 것도 몰랐다는 엄마가 가엽게 느껴졌다. 엄마는 경미 이모, 가온이 엄마와 새벽까지 이야기를 나눴다.

얼마 전까지 엄마는 언니 유서를 보내도 아빠는 까딱도 하지 않을 거라고 했다. 오히려 나와 숨이, 그리고 엄마를 곤경에 빠뜨릴 거라고 했다. 틀린 말은 아니었다. 그래도 나는 목소리를 낼 거다. 아빠와 맞설 거다. 더는 언니를 외롭게 혼자 두고 싶지 않다. 너무 늦었지만 우리가 언니 곁에 있다는 걸 보여 주고 싶다.

엄마와 이모들이 어떤 이야기를 나눴는지 아직 모른다. 그러나 엄마가 이모들을 만나러 온 것만으로도 희망적이다. 엄마는 나와 숨이가 성범죄자의 딸이라는 낙인을 받을까 두려워한다. 나는 괜찮지만 숨이는 걱정된다. 그렇다고 여기서 그만두고 싶지는 않다. 나는 가끔 지금 내가 누리는 이만큼의 평화와 행복마저 잃을 것 같은 두려움에 휩싸인다. 나를 있는 그대로 지지해 주는 가온이와 미래, 가족도 아닌데 나를 감싸 주고 지켜 주는 경미 이모와 가온이 엄마 아빠, 그리고 지원 언니와 헤어지는 악몽을 꿀 때가 있다. 그러나 안다. 이 사람들은 결코 내 손을 놓지 않을 거라는 걸. 앞으로 일이 어떻게 될지 모르지만, 엄마는 평생을 바친 유치원과 어린이집을 포기해야 할지 모른다. 아빠와이혼을 할지도 모르니 경제적, 사회적 안전망을 잃게 될 거다. 성공한 사람으로 받던 존경과 부러움도 다 잃을 거다. 잃을 게많을수록 두려움이 클 수밖에 없다는 경미 이모 말을 나도 이해는 한다. 엄마가 그 모든 걸 잃더라도 나와 숨이를 선택해 주면 좋겠다.

나는 언니가 얼마나 치열하게 살고자 했는지, 그런데도 왜 죽을 수밖에 없었는지 알리고 싶다. 가온이 엄마도 피해자로 숨는 대신 생존자로 목소리를 내겠다고 했다. 나는 언니가 생존자였다면 얼마나 좋을까 하는 생각을 한다. 그런 생각을 하면 엄마와 내 자신이 다시 미워진다. 엄마는 아빠에게 언니 대신 복수를 하고 싶은 거냐고 물었다. 복수? 그런 거 아니다. 나는 복수 따위에 관심이 없다. 내가 하고 싶은 것은 진실을 드러내는 것이다. 그게 내가 언니를 위해 해 줄 수 있는 일이라고 생각한다.

내가 바라는 것은 아빠가 이제라도 언니의 고통을 깨닫고 언니에게 사과하고, 세상에다 자신의 잘못을 고백하고 사죄하는 거다. 어쩌면 경찰 조사까지 받아야 할지 모른다. 엄마보다 가진게 많으니 잘못을 인정하는 게 더 어려울 거다. 다 내려놓고 나면 자기가 무너지는 고통을 느끼게 될 테니 겁이 날 거다. 내가 아빠라고 부르던 사람에게 그 정도의 양심은 있기를 바란다. 아빠가 자신의 잘못을 인정하고 힘들어도 죽지 않고 반성하고, 자책하고, 후회하며 살아가면 좋겠다. 그러면 아주 먼 훗날 언젠가 한번은 아빠를 다시 볼 수도 있을 것 같다. 그러나 아빠가 변하지 않는 한 나는 아빠를 다시 보지 않을 거다.

나는 이제 더는 누구도 죽지 않으면 좋겠다. 아빠도, 엄마도, 숨이도, 나도. 각자의 몫대로 살아갈 수 있으면 좋겠다. 언니는 엄마를 미워했다. 그런데 나는 엄마를 미워할 수가 없다. 엄마

역시 피해자였으니까. 나는 엄마랑 아빠가 똑같은 잘못을 했다고는 생각하지 않는다. 솔직히 말하면 나한테 엄마라도 있어야 앞으로 버틸 수 있을 것 같기도 하다. 지원 언니는 그런 바람이 나를 더 아프게 할까 걱정이 된다고 했다. 그렇지만 나는 또 상처를 입더라도 엄마 손을 놓고 싶지 않다.

카페 둘레로 복숭아꽃과 자두꽃이 피었다 졌다. 경미와 지영의 바람은 벚꽃과 매화로 카페가 둘러싸여 있을 때 문을 여는 거였지만 찔레꽃이 만발한 지금까지도 내부 공사가 끝나지 않았다. 다행히 결이와 경미가 살 집은 먼저 완성이 되었다.

며칠 전 소연이 결이를 찾아왔다. 경미를 만나고 간 지 일주일 만이었다. 소연은 결이에게 이혼을 준비하겠다고 말했다. 그리고 숨이에게 하늘이 이야기를 할 거라고 했다. 결이는 엄마가 이혼을 결심한 이유가 궁금했다.

"가온이 엄마가 자기 얘기를 해 주더라. 그 30년을 어떻게 살아왔는지. 나는 하늘이가 얼마나 아플지 생각하지 않았어. 그런 생각을 하면 못 사니까. 내가 가진 걸 다 잃을 수밖에 없으니까. 그게 겁나서 너희를 지켜야 한다는 핑계로 그 모든 짐을 하늘이한테 떠넘긴 거야. 무슨 짓을 해도 용서받지 못할 일이지. 가온이 엄마가 그러더라. 너랑 숨이한테만큼은 미안한 일을 만들지 말라고. 하늘이를 생각하면 내가 너무 한심하고 증오스러워서 살 수가 없어. 그렇지만 버텨야지. 하늘이를 위해서라도. 결이 너한테 가온이 엄마와 경미 씨가 있어서 다행이야. 그런데 숨이한테는 그런 사람이 없으니 내가 버텨야지. 아빠가 합의이혼 같은 거 할 리 없으니 긴 싸움이 시작될 거야. 이제부터는 엄마의 싸움이야."

"엄마 괜찮겠어?"

"그럼. 그동안 일한 퇴직금은 받을 거고, 엄마가 너희 유학비로 모아 놓은 돈도 적지 않으니 그 돈을 소송비로 쓸 거야. 결아, 이젠 도망가지 않을게. 걱정 마."

결이는 말없이 소연을 안아 주었다. 앞으로 소연과 자신이 겪을 일이 결코 만만한 일이 아니라는 것을 안다. 하지만 소연도, 결이도 혼자가 아니었다.

엄마가 돌아간 뒤, 결이는 갈산리 들판을 가로지르는 농로로 들어섰다. 며칠 전 내린 비로 수로에 물이 가득 차 있다. 어디서 왔는지 모를 가마우지가 잠수를 했다 나오기를 되풀이한다. 가마우지는 물속으로 잠수를 했다가 한참 만에 물고기를 물고 나와 꿀꺽 삼킨다. 결이는 가마우지가 놀라지 않도록 조심스럽게 농로를 걸었다. 석모도 산마루에서 서쪽으로 넘어갈 채비를 하는 해가 아쉬운 듯 머뭇거린다. 농로 옆 찔레꽃 덩굴 아래 노란 뱀딸기 꽃이 며칠 전보다 더 많이 피었다. 꽃이 진 자리에 빨간 뱀딸기가 열린다던 미래 말이 떠올랐다. 쭈그리고 앉아 사진을 찍는데 좌르르하고 뭔가 쏟아지는 소리가 들리는가 싶더니 찰싸닥하는 소리가 났다. 깜짝 놀라 수로 건너편을 바라보니 가마우지가 똥인지 오줌인지를 싸면서 날아올랐다. 결이는 자기도 모르게 큰 소리로 웃으며 가마우지를 올려다보았다.

"시원해서 좋니? 나도 너처럼 시원하게 똥을 눠 보는 게 소원이다."

결이가 걸을 때마다 한 걸음 앞에서 개구리들이 논으로 뛰어 들어가는 소리가 들린다.

불과 1년 전만 해도 결이는 혼자 농로나 해안가를 걸을 엄두를 내지 못했다. 몇 걸음만 걸어도 달려드는 날벌레들이 무서웠고, 개구리나 두꺼비들도 징그러웠다. 까마귀와 멧비둘기만 봐도 깜짝깜짝 놀랐다. 결이는 초록빛이 친숙하지 않았다. 그런데 그동안 가온이랑 미래를 따라 걷다 보니 조금

씩 초록빛에 익숙해지고 자연이 주는 위로가 무엇인지 알게
되었다. 농로가 끝나는 곳까지 갔다 돌아오려는데 석모도
뒤로 펼쳐진 구름이 해를 덮었다. 그러자 민트색 하늘에 아
무렇게나 뭉쳐 던져 놓은 것 같은 구름들이 핑크색으로 변
했다. 짙은 초록빛 수로에 비친 그 하늘은 마치 그림처럼 보
였다.

– 결, 어디?
– 나 농로. 너랑 그저께 걷던 데.
– 오케이.

미래가 보낸 문자에 답을 한 뒤, 보랏빛으로 물들어 가는
하늘을 향해 천천히 걷는데 어디선가 결이 이름을 부르는
소리가 났다. 소리가 나는 쪽을 보니 미래가 손을 흔들고 있
었다. 미래는 자전거를 타고 농로로 들어섰다. 구름 사이로
비친 다홍빛 햇살이 금빛으로 퍼져나가 미래를 가렸다. 잠
시 뒤 다시 모습을 드러낸 미래가 소리쳤다.

"결아, 가온이도 나올 거야. 거기 그대로 있어."

언덕에서 빠르게 내려오는 자전거 바퀴가 보였다. 햇살 때

문에 가온이 모습이 보였다 말았다 했다. 햇살을 받으며 다가오는 미래, 멀리서 손을 흔드는 가온이를 보며 결이는 코가 시큰거렸다. 이렇게 황홀한 순간을 혼자만 만끽해도 되는지 하늘이 언니에게 미안한 마음이 들었다. 결이는 핑크빛이 더 진해진 구름이 떠 있는 하늘을 올려다보았다.

"나 혼자 이렇게 행복해서 미안해. 언니, 너무 보고 싶어."

결이는 3월부터 다니던 입시학원을 그만두었다. 어차피 학원 수업도 온라인으로 전환한 터였다. 혼자서 입시 준비를 해 볼 생각이다. 올해 꼭 수능을 볼 생각도 없다. 천천히 하고 싶다. 교대에 반드시 가고 말겠다는 결심이 선 것도 아니다. 결이는 미래에 어떤 사람이 될까보다 지금의 나를 보살피는 것이 더 중요하다는 것을 깨달아 가고 있다.

미래는 대학에 입학한 뒤 아르바이트를 두 개나 한다. 평일에는 카페에서 일하고 주말에는 장어집 주방 일을 돕는다. 그러면서 틈틈이 단기 아르바이트가 들어오면 마다하지 않고 나간다. 등록금뿐 아니라 나중에 여행사 차릴 돈까지 모으는 중이라고 했다.

며칠 전 미래가 결이에게 버스 정류장 앞에 새로 생기는

편의점에서 아르바이트생을 구한다며 면접을 보겠느냐고 물었다. 결이도 아르바이트를 할 생각이었지만 얼른 대답이 나오지 않았다. 미래가 결이 표정을 보더니 웃으며 말했다.

"겁먹지 마. 편의점은 알바 처음 하는 사람도 다 할 수 있어. 너 잘할 거야."

이상하게 그 말에 용기가 났다.

결이가 아르바이트를 한다는 소식에 가온이는 걱정했다.

"학원은 진짜 안 다닐 거야?"

"응."

"편의점 알바하면서 공부하는 거 가능하겠어?"

"괜찮아. 올해 안 되면 내년에 하면 돼. 이제는 입시 준비만 하면서 살 자신이 없어. 이미 다른 맛을 알아 버렸잖아."

"무슨 맛?"

"노는 맛. 너랑 미래가 책임져야 해."

경미와 지영은 카페 개업 날을 6월 5일로 잡았다. 왜 주말이 아니라 금요일에 개업식을 하느냐는 가온이의 질문에 지영은 그날이 망종이라고 했다.

"망종? 그게 무슨 날인데?"

"보리는 익어 먹게 되고 모를 심게 되는 때라고 해. 또 망종이 가까워지면 작물의 씨앗을 뿌린대. 이를 테면 농사의 시작 같은 날이라고나 할까?"

"그런데 왜 하필 망종에 개업식을 하냐고."

"뭐랄까? 경미랑 나, 그리고 너희 아빠는 이제 무르익어 누군가의 고픈 배를 채워 줄 수 있게 되었고, 너희는 이제 막 논에 심어진 모나 마찬가지잖아. 나는 이곳이 사람들의 아픔을 치유하는 논밭이 되면 좋겠어. 이곳에서 우리가 서로를 돌볼 수 있는 양식을 기르고 그 양식을 나눠 먹을 수 있게끔 잘 가꿔 보고 싶어."

"뭐 억지스러운 감이 없진 않지만 카페랑 잘 어울리기는 하네."

"그렇지? 우리 가온이가 긍정적으로 말해 주니 좋다."

개업식이 다 끝나고 가온과 결이, 미래가 카페 옥상에 올라갔다. 구름에 가려 별이 하나도 보이지 않았다. 결이가 실망한 목소리로 말했다.

"오늘 같은 날 별을 꼭 보고 싶었는데."

"이결, 실망하지 마. 구름에 가렸을 뿐, 별은 오늘도 저 위에서 빛나고 있을 테니까."

가온이 말에 미래가 인상을 찌푸리며 말했다.

"아, 김가온 제발 그런 투로 말하지 마. 소름 돋는다."

미래와 가온이가 티격태격하는데 갑자기 결이가 놀란 목소리로 외쳤다.

"얘들아, 얘들아, 저거 뭐야? 불빛이 깜박깜박하며 움직여. 이 지기도, 저기도 있네?"

"우아 반딧불이다."

가온이도 반딧불이를 보고 반가워 소리쳤다.

"결아, 가자. 반딧불이 더 많이 보이는 데가 따로 있어."

셋은 아래층으로 내려가 밖으로 나왔다. 가온이와 미래가 가는 곳은 오디밭 아래 비탈길이었다.

"얘들아, 그쪽은 냇가 아냐? 밤이라 앞이 안 보이는데 미끄러지기라도 하면 어떻게 해."

겁먹은 결이 목소리에 미래가 되돌아와 핸드폰 플래시를 비췄다.

"반딧불이는 물가에 더 많거든. 조심해서 따라와."

냇가에 다다르기 전부터 작은 빛들이 마치 원을 그리듯 여기저기에서 천천히 깜박깜박 반짝거렸다. 미래가 얼른 플래시를 껐다.

"저게 다 반딧불이야?"

"응."

"우아, 나 태어나서 처음 봐."

"6월에 반딧불이가 많아."

"너무 예쁘다."

"잡아서 볼까?"

"아니. 그냥 자유롭게 날아다니는 거 보고 싶어. 가온아, 미래야."

"응?"

"나 진짜 행복해."

"뭐야? 반딧불이 하나 때문에?"

"나 혼자였다면 저게 반딧불이라는 것도 몰랐을 거야. 내 옆에 너희가 있어서 정말 행복해."

"그러니까 이결, 넌 앞으로 우리 옆에 딱 붙어 있어야 해. 넌 세상을 교과서로만 배워서 모르는 게 너무 많아. 앞으로 이 언니가 살아가는 기술을 하나하나 알려 줄게. 알았지?"

미래의 너스레에 결이가 피식 웃고 말았다. 그런데 갑자기 가온이가 하늘을 보고 외쳤다.

"하늘이 언니, 거기서 여기 보고 있죠? 결이 걱정 마세요.

우리가 결이 옆에 꼭 붙어 있을 거예요. 언니도 가끔 놀러 오세요. 우리가 항상 언니 자리 비워 놓을게요."

어느새 반딧불이가 더 많아졌다. 산 위에서 불어오는 바람에 꽃향기가 실려 있다. 인동꽃 향기에 섞인 알싸한 밤꽃 향기도 났다. 가온이가 결이 어깨에 손을 얹으며 말했다.

"결아, 별이 아니어도 반짝거리는 것들이 많아. 그러니까 별이 안 보인다고 실망하지 말라고. 너도, 우리도 다 빛나."

미래도 와서 결이 반대쪽 어깨에 팔을 걸었다. 결이는 양팔로 두 친구의 허리를 꼭 감싸 안았다.

아빠,

아빠라는 말을 쓰고 나니까 눈물이 쏟아져 한참 동안 글을 쓸 수 없었어요. 나는 앞으로도 계속 아빠를 아빠라고 부를 수 있을까요? 어쩌면 이게 마지막일지도 모르겠네요.

언니의 유서를 보내기까지 오래 망설였어요. 무서웠거든요. 나는 일곱 살 때 우리 방에서 일어났던 일이 꿈이라고 생각했어요. 문득문득 그날 일이 떠오를 때면 그저 악몽이었다는 엄마 말을 믿었어요. 엄마가 거짓말을 할 이유가 없으니까요. 당신이 언니를 아프게 할 이유가 없었던 것처럼요.

6학년 때였어요.

당신이 술에 취해 집에 와 닫힌 방문을 열라고 소리를 지를 때, 마치 헐크처럼 느껴졌어요. 내 팔을 움켜쥐고 떠밀어 내동댕이쳤을 때 엄마가 왔어요. 그날 난생처음 119를 불렀어요. 엄마 이마에서 피가 많이 났어요. 응급실에서 간호사가 어른한테 연락을 하라고 했는데 연락할 어른이 없었어요. 그때 세상에 엄마와 나만 있는 것처럼 외롭고 막막했어요. 할머니도, 고모들한테도 전화를 할 수 없었어요. 그때 나는 이미 알고 있었던 것 같아요. 당신이 우리를 보호할 수 없다는 것을. 그런데 집 밖에도 우리를 보호해 줄 안전망이 없었어요. 엄마에게는 가족 외에는 아무도 없었어요. 지금 생각하면 그렇게 살면 안 되는 것이었어요.

언제나 정의와 나눔을 말하던 당신, 사람들의 존경을 받던 당신이 왜 우리를 그렇게 함부로 대했는지 그 까닭을 알 수 없어 오랫동안 괴로웠어요. 지금도 안다고는 할 수 없겠죠. 언니가 당신 때문에 죽을 수밖에 없었다는 것을 알기 전까지는 당신에게 조금의 기대 같은 게 있었어요.

나의 아빠만큼은 자신의 잘못을 인정하고 사죄할 수 있는 사람이길 진심으로 바랐던 것 같아요. 지금도 당신이 비겁하게 부인하고 도망가지 않는 사람이면 좋겠어요.

숨이는 아직도 당신을 이 세상에서 가장 좋은 사람이라고 믿고 있어요. 숨이가 당신이 한 일을 알게 된다면 충격이 클 거예요. 그걸 받아들이기까지 힘든 시간을 보내겠죠. 나와 언니처럼 마음에 깊은 생채기가 날 거예요. 그래도 알아야 한다고 생각해요. 당신이 용기를 내어 그동안의 괴오를 인정하고 잘못을 뉘우치며 산다면 숨이와 나는 상처를 이겨 낼 힘을 갖게 될 거예요.

우리가 언니처럼 죽지 않고 살 수 있게, 언니에게서 빼앗은 내일을 우리에게서 빼앗지 말아 주세요. 나는 당신에게 기회를 주고 싶어요. 당신이 먼저 모든 걸 내려놓고 반성하고, 언니의 죽음에 책임을 질 기회를요.

앞으로는 나를 사랑하고 믿어 주는 사람들과 행복하게 살고 싶어요. 나와 같은 피해자들과 함께 고통스러운 시간을 이겨 내고 불편한 진실을 드러내는 일을 하며 살고 싶어요.

언니는 살고 싶었지만 살 수 없었어요. 그러나 나는 끝까지 살아 낼 거예요. 엄마, 숨이랑 함께 살아남을 거예요. 그래서 우리가 언니의 존재를 드러내고 우리 곁에 살아 있게 할 거예요. 당신이 아무리 유능한 변호사를 고용한다고 해도 우리가 드러낼 진실을 가릴 수 없을 거예요. 우리는 같은 상처를 가진 사람들과 손을 잡고 끝까지 당신과 맞설 거예요.

　나는 요즘 내가 무엇이 되지 않아도, 무엇을 성취하지 않아도, 목표가 분명하지 않아도 괜찮은 사람이라는 것을 배워 가고 있어요. 당신이 걸어온 길과는 다른 새로운 길을 내고 그 길을 걸어갈 거예요. 그러니 당신도 아무리 힘들어도, 아무리 수치스럽고 고통스러워도 그 시간을 그대로 견디며 살아가면 좋겠어요. 한때 당신을 사랑하고 존경했던 딸이 겪었던 고통을 그렇게나마 짐작하며 살아가세요. 죽지 말고. 도망가지 말고.

이결 드림

285

이 소설은 허구입니다.

등장인물 역시 상상력으로 빚어낸 허구의 존재입니다. 인간의 상상력은 현실을 뛰어넘지 못합니다. 보통 믿을 수 없는 일들 앞에서 소설 같은 일이 일어났다고 말합니다. 그런데 작가는 종종 믿기 힘든 비극을 소설로 가져오면서 현실에서 일어날 수 있는 일, 인간이 상상할 수 있을 정도의 일로 적절하게 윤색하는 작업을 합니다. 독자의 공감과 연대를 끌어내기 위해 피할 수 없는 일이지만 때로는 진실의 속과 겉을 있는 그대로 드러낼 수 없는 한계에 절망하기도 합니다.

오랫동안 이 이야기를 써야 한다는 책임감을 갖고 있었습니다. 애써 살고자 했으나 죽음을 선택할 수밖에 없었던 이들을 되살려야 한다고 생각했습니다. 그러면서도 피할 수 있을 때까지 피하고 싶었습니다. 미투 운동이 들불처럼 일어나고, 억울한 죽음이 이어졌습니다. 더는 모르는 척할 수 없었습니다. 그 간절함이 글을 쓸 결심을 하게 했습니다. 죽은 이들을 위해 쓰기 시작했습니다. 그래서 이 소설은 산 자들의 이야기가 되어야만 했습니다.

글을 쓰는 동안 어디로 가야 할지 모를 때, 뒤로 갈 길마저 잃어 소설 안에 갇혔을 때, 길잡이가 되어 준 것은 하늘이었고, 지영이었습니다. 그들의 고통이 온전히 내 것이 되자 다시 길이 보였습니다. 지영과 경미가 함께 버텨 온 시간이 있었기에 그들의 시간으로 돌아가는 용기를 얻었습니다. 가온이, 결이, 미래 덕분에 죽음의 길이 아닌 삶의 길을 내었습니다.

이제 진짜 헤어져야 할 시간이 되었습니다. 몹시 아쉽습니다. 그들의 대화를 더 엿듣고 싶고, 그들의 성장을 더 훔쳐보고 싶습니다. 그러나 저는 세 친구 곁에 머물러 있을 수 없습니다. 그들은 벌써 저만치 앞서 달려가고 있는걸요.

더는 이 세상에서 함께하지 않지만 우리 곁에서 영원히 살아 있을 이름들을 기억합니다. 독자들에게도 부탁합니다. 그들의 이름을 기억해 주길 바랍니다.

다시 한번 밝힙니다. 이 소설은 허구입니다.

2022년 봄
김중미

낮은산 24
키른나무

너를 위한 증언

2022년 4월 5일 처음 찍음 | 2022년 6월 10일 두 번 찍음

지은이 김중미

펴낸곳 도서출판 낮은산 | 펴낸이 정광호 | 편집 조진령 | 디자인 소요 이경란 | 제작 정호영

출판 등록 2000년 7월 19일 제10-2015호

주소 04048 서울시 마포구 어울마당로5길 16 반석빌딩 3층

전화 02-335-7365(편집), 02-335-7362(영업) | 팩스 02-335-7380

홈페이지 www.littlemt.com | 이메일 littlemt2001ch@gmail.com | 트위터 @littlemt2001hr

제판·인쇄·제본 상지사P&B

ⓒ 김중미 2022

ISBN 979-11-5525-152-2 43810